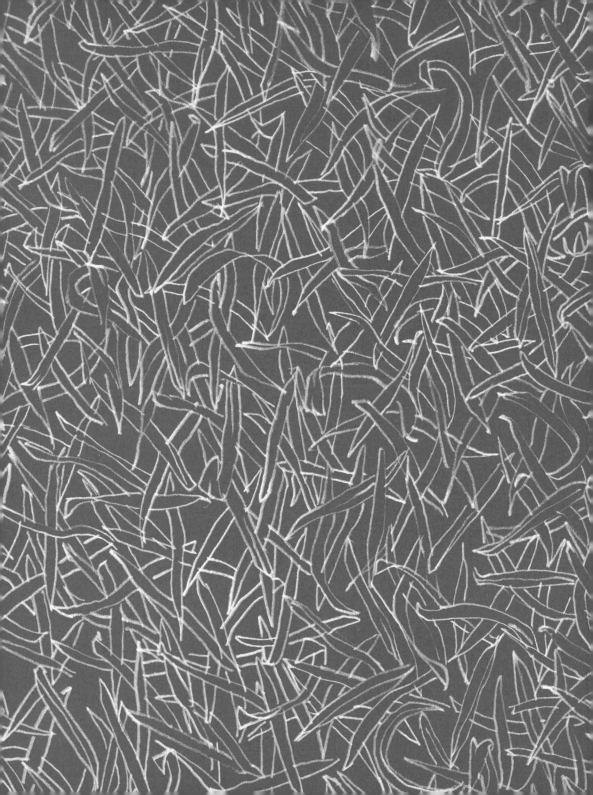

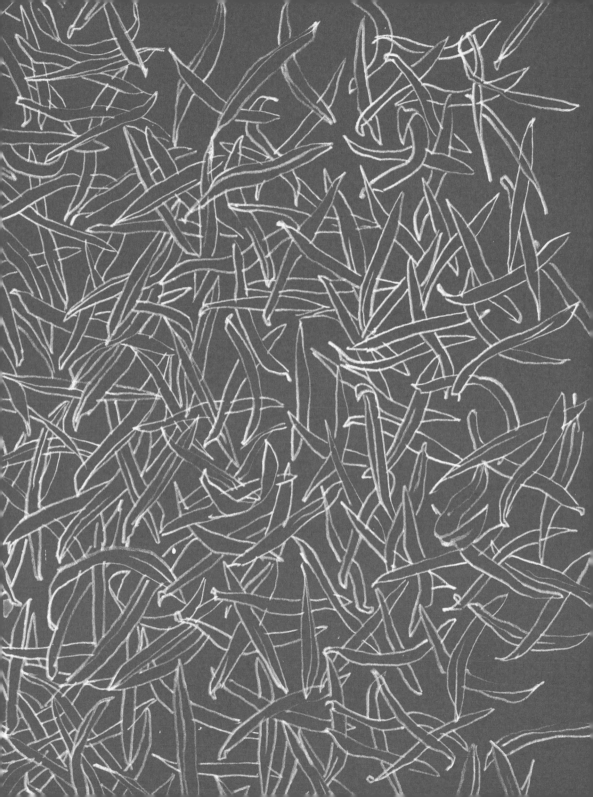

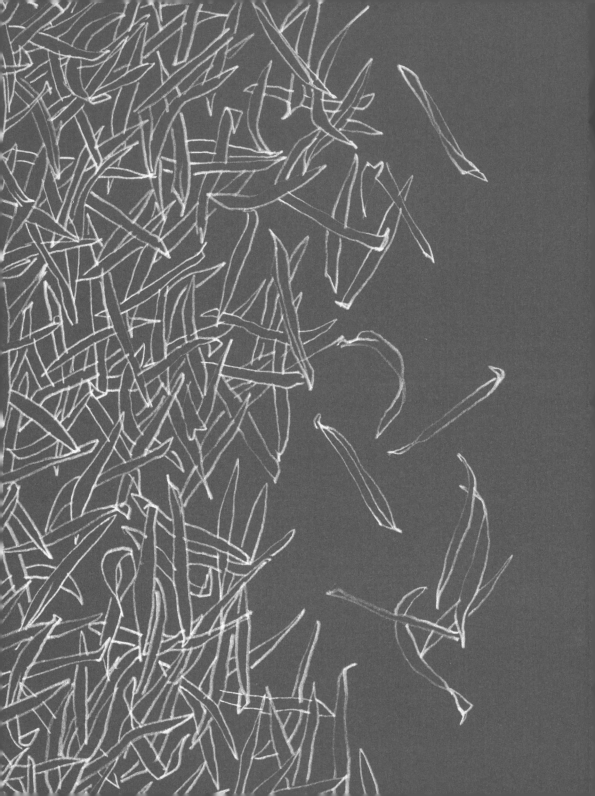

怪物來敲門

A MONSTER CALLS

怪物來敲門

派崔克・奈斯（Patrick Ness）——著

吉姆・凱（Jim Kay）——圖

陳盈瑜——譯

故事來源 莎帆・多德（Siobhan Dowd）

作者們的話

　　我和莎帆・多德緣慳一面，只能和你們大多數人一樣，從她優異的作品中認識她。她創作了四部震攝人心的青少年小說，兩部在她生前出版，兩部在她早逝之後。若你還未讀過這些小說，趕緊亡羊補牢吧，時猶未晚。

　　這本原應是她的第五部小說。她已經設定角色，擬好大綱，也起了頭。可惜她沒有的，是時間。

　　當我被問及是否能將她的著作付梓時，我猶豫了。我不會、也不能做的，就是模仿她的語氣寫小說。這對她、對讀者、更重要是對故事都不是件好事。我認為好的故事不應該是這樣完成的。

　　不過，好點子就是好在它們會長出其他點子。就在我能伸出援手之前，莎帆的點子啟發我一些新的點子。我開始感覺到每個作家渴求的那種刺癢感：要把文字寫下來的刺癢感、說故事的刺癢感。

　　我之前覺得（現在也是）自己像是被授與一柄權杖，就像一位特別優異的作家將她的故事給我，並說：「去吧，跟它去跑一跑，大鬧一場吧！」所以我就試著這樣做了。一路上，我只有一

個原則：寫一本我覺得莎帆會喜歡的書。其他種種就沒那麼重要了。

現在是將權杖交給你們的時候了。無論有多少位作者開始賽跑，故事都不會隨作者而結束。這是莎帆跟我起的頭，所以走吧，跟故事去跑一跑。

大鬧一場吧！

派崔克・奈斯
二〇一一年二月於倫敦

獻給莎帆

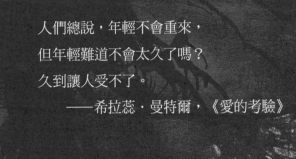

人們總說，年輕不會重來，
但年輕難道不會太久了嗎？
久到讓人受不了。
　　　──希拉蕊・曼特爾，《愛的考驗》

怪物來敲門

午夜降臨,怪物現身。一如往常。

康納在怪物出現時醒了過來。

他做過惡夢。嗯,可不是隨便一個惡夢,而是那個惡夢。他近來常做那個惡夢,夢裡漆黑陰暗、狂風大作,有驚心的尖叫聲,還有一雙怎麼努力都握不住的雙手,夢境的盡頭總是——

「走開。」康納對著房內的黑暗低語,他試著將惡夢推開,不願讓它尾隨自己來到夢醒的真實世界。「現在就走開。」

他瞄一眼媽媽之前放在他床邊的鬧鐘,12:07,午夜又過了七分,這時間對於平常上學日來說已經很晚了,就算是星期天也是。

他從沒跟任何人提過那個惡夢。當然不會跟媽媽說,但也沒有對其他人提起,不會是大概兩三個禮拜才來電聯絡的爸爸,也絕對不會是奶奶,或是學校的任何人。誰都不提。

惡夢中發生的事不必讓任何人知道。

康納疲憊地瞇起眼睛看著房間,然後皺了皺眉,覺得似乎少了什麼。他坐起身來,

感到更清醒了點。惡夢從他身邊溜走，但還有個東西他怎樣都無法捉摸，一個很不一樣的東西，一個——

他在一片死寂中豎起耳朵，只聽見滿屋子的靜默。偶爾從空蕩蕩的樓下傳來滴答聲，或是隔壁媽媽房間裡被單的窸窣聲。

沒別的了。

接著有個聲音，他明白就是這個東西喚醒了他。

有人在喊他的名字。

康納。

他感到一陣驚慌，胃不停翻動。是它在跟蹤他嗎？難道它找到法子從惡夢裡跳脫出來，然後——

「別傻了，」他告訴自己，「都這麼大了，還怕什麼怪物。」

他的確不小了，上個月剛滿十三歲。怪物是用來嚇小寶寶、嚇尿床的小孩、嚇——

康納。

那聲音又來了，康納吞了吞口水。這是個異常溫暖的十月天，他的窗戶仍敞開著，或許是窗簾在微風中摩擦，讓人聽起來像是——

康納。

好吧，不是風，那確實是人的聲音，只是他認不出來。他很確定不是媽媽的聲音，

事實上，那根本就不是女人的聲音。他甚至一度瘋狂地幻想著，是爸爸設法從美國回來要給他一個驚喜，但是太晚抵達來不及聯絡，所以——

康納。

不。不是爸爸。那聲音有一種特質，一種怪物般的特質，讓人毛骨悚然且狂野不馴。

接著他聽到外頭傳來沉重的木頭吱嘎聲，彷彿有個龐然巨物一步步踏過木質地板。

他不想起身查看，但有一部分的自己卻怎麼樣都想瞧個究竟。

現在他完全清醒了，掀開被子從床上爬起來，走向窗邊。在若有似無的蒼白月光下，他可以清楚看見他們家後面那座小山丘上的教堂鐘塔，塔邊有火車軌道蜿蜒在側，那兩條鋼軌在夜半時分閃著微弱的光芒。月光同時照耀在教堂附屬的墓園，裡頭墓碑的刻文已幾乎無法辨識。

康納也看到矗立在墓園中央的巨大紫杉樹，那棵樹年代久遠到像是和教堂用同一塊石頭雕刻而成。他知道那是棵紫杉樹，是因為媽媽曾經跟他提過。一開始是因為他年紀小，怕他誤食紫杉的有毒漿果；最近這一年再度提起時，她會盯著廚房的窗戶往外看，臉上帶著古怪的表情跟他說：「那是棵紫杉，你知道吧。」

接著他又聽到他的名字。

康納。

就像有人在他兩耳邊同時低聲細語。

「幹嘛？」康納說。他的心跳加速，忽然有點等不及接下來會發生的事。

一朵雲飄到月亮的正前方，將整個大地籠罩於黑暗之中，同時有一陣風咻地從山丘上吹進他的房間，把簾子攪得一陣翻騰。他又聽到木頭嘰嘰嘎嘎的聲音，像是個活生生的東西在呻吟，又像是這個世界的胃飢餓地嘶吼著要一頓飽餐。

沒多久，雲飄走了，月光又再次閃耀。

閃耀在紫杉樹上。

紫杉樹現在直挺挺地立在他們家的後院中央。

怪物總算出現了。

康納看著眼前這幅畫面，樹頂的枝枒糾結在一塊兒，形成一個巨大的可怕臉孔，嘴巴、鼻子和一對盯著他看的眼睛在月光中閃爍著。其他枝幹彼此交錯，不停吱嘎作響，直到長出兩條長臂與立在主幹邊的第二隻腳。剩下的部位自行合成脊柱與軀幹，針狀細葉交織成一片青綠色的毛茸表皮，搖曳吸吐的樣子宛如真的有肌肉與肺臟藏在其內。

原本就比康納二樓的窗戶還高的怪物，化為人形後，變得更加寬大，它強而有力的體態，看起來無比健壯，力大無窮。它一直盯著康納，而他則聽見從它嘴中發出風嘯般的巨大呼吸聲。它將雙手貼在窗戶兩側，低下頭來，直到巨大的雙眼填滿窗櫺，怒視著康納。康納家的房子在它的重壓

下發出了些微嗚咽。

接著，怪物說話了。

康納·歐邁利，它說，呼出一大口帶有堆肥味的溫暖氣息，吹進康納的窗戶，掃過他的頭髮。它隆隆的聲音低沉而響亮，深沉的顫音讓康納覺得聲音就在胸口震盪。

我來抓你了，康納·歐邁利，怪物邊說，邊倚向房子，將掛在康納房間的畫搖落牆面，也使得書堆、小家電和老舊的犀牛玩偶翻落地面。

怪物，康納想著。一個真真實實、如假包換的怪物，就在這個真實的、夢醒的世界中。不是在睡夢裡，而是在這裡，在他的窗邊。

要來抓他。

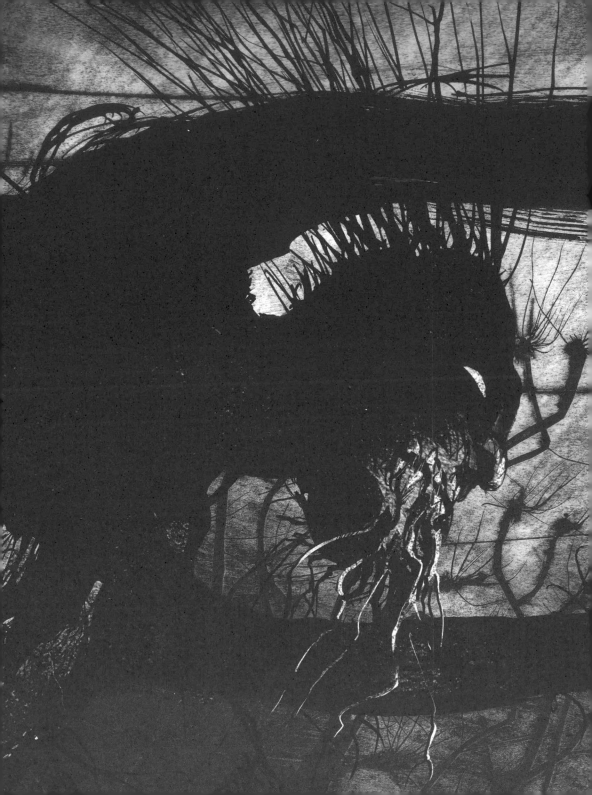

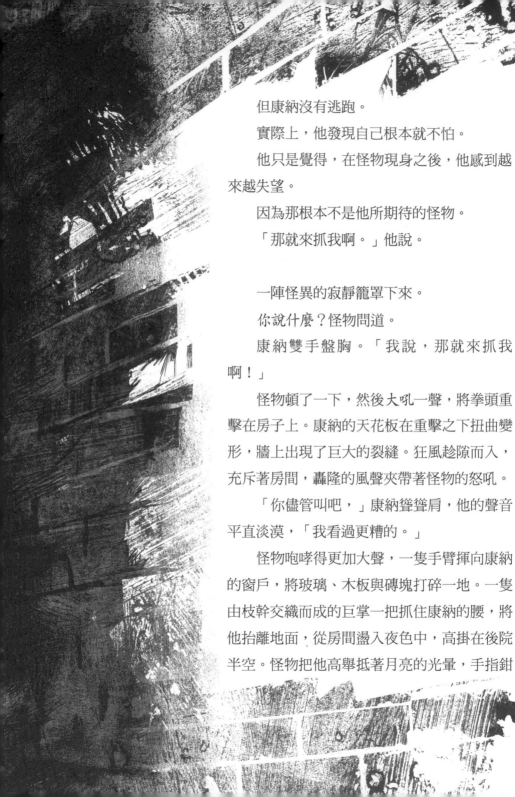

但康納沒有逃跑。

實際上，他發現自己根本就不怕。

他只是覺得，在怪物現身之後，他感到越來越失望。

因為那根本不是他所期待的怪物。

「那就來抓我啊。」他說。

一陣怪異的寂靜籠罩下來。

你說什麼？怪物問道。

康納雙手盤胸。「我說，那就來抓我啊！」

怪物頓了一下，然後大吼一聲，將拳頭重擊在房子上。康納的天花板在重擊之下扭曲變形，牆上出現了巨大的裂縫。狂風趁隙而入，充斥著房間，轟隆的風聲夾帶著怪物的怒吼。

「你儘管叫吧，」康納聳聳肩，他的聲音平直淡漠，「我看過更糟的。」

怪物咆哮得更加大聲，一隻手臂揮向康納的窗戶，將玻璃、木板與磚塊打碎一地。一隻由枝幹交織而成的巨掌一把抓住康納的腰，將他抬離地面，從房間盪入夜色中，高掛在後院半空。怪物把他高舉抵著月亮的光暈，手指鉗

住康納的肋骨，力道之強害他差點窒息。康納從怪物大開的嘴裡看見由堅硬樹瘤形成的參差牙齒，然後感到一陣溫暖的氣息向他襲來。

怪物又停頓了一下。

你真的不怕，是嗎？

「不怕，」康納說，「至少不是怕你。」

怪物瞇起眼睛。

你終究會怕的，它說。

最後康納只記得怪物張開嘶吼的大口，將他活活吞入。

早　餐

　　「媽？」康納邊喊，邊走進廚房。他知道她不在那邊，因為他沒聽到她一早起床煮水時，茶壺水沸的聲音，倒是發現自己最近穿梭在房子各處時會不斷地叫她。他並非想打擾媽媽，只是怕她在任何可能的地方不小心睡著了。

　　她沒在廚房，這意味著她或許還在床上，這麼一來，康納就得自己做早餐，而他也漸漸習慣了。好吧，真是太好了，特別是今天早上。

　　他快步走到垃圾桶邊，把手上的垃圾袋壓到底，再用其他垃圾蓋在上面，才不會看起來太顯眼。

　　「好吧。」他對著空氣說，站著調整一下呼吸，接著對自己點點頭說：「早餐。」

　　烤吐司機裡有一些麵包、碗裡有些麥片、玻璃杯裡有些果汁，他準備得差不多了，便坐在廚房的小桌邊用餐。媽媽有從市區的生機食品店買了她專屬的麵包和麥片，幸好康納不需共享，那些東西嘗起來跟看起來一樣糟。

　　他抬頭看看時鐘，離他出門上學還有二十五分鐘。他已經穿好制服，也已經整理好書包放在門邊，所有的事情他都一手包辦

做好了。

　　他背對著廚房窗戶坐著，就是那面流理臺上的窗戶。從窗戶看出去是他們家的小後院，穿過鐵軌，往上走就是教堂和墓園。

　　還有紫杉樹。

　　康納又吃了一口麥片，整棟房子只有他咀嚼的聲音。

　　那是一場夢。不然還有其他的可能嗎？

　　早上張開眼睛時，他馬上看著窗戶。窗戶當然還在那，沒有絲毫損傷，也沒有裂到後院的漏縫。當然還在呀！只有小寶寶才會以為真的發生了那樣的事，只有小寶寶才會相信一棵樹──拜託，一棵樹──會走下山坡來攻擊房子。

　　他對那樣的想法輕輕笑了一下，這一切未免太蠢了，然後他下床。

　　隨即聽到踩壓東西的嘎扎聲。

　　房間地板上到處都布滿了紫杉樹短短尖尖的葉子。

　　他又舀了一口麥片送到嘴裡，完全不去看垃圾桶。垃圾桶裡塞著的垃圾袋，滿滿都是他早上一起床就掃起來的樹葉。

昨晚風大，這些葉子一定是從敞開的窗戶吹進來的。

　　一定是這樣。

　　他吃完麥片和吐司，喝完最後一口果汁，把杯盤沖一沖放進洗碗機裡。還有二十分鐘，他決定去把垃圾倒一倒，免得節外生枝，於是拎起垃圾袋拿到房子前面的垃圾箱。既然要走一趟了，他便順手整理回收物，一併拿了出去。接著把一堆衣服放進洗衣機，這樣放學回來就可以晾在曬衣繩上。

　　他回到廚房再看了一下時鐘。

　　還有十分鐘。

　　還是毫無動靜——

　　「康納？」他聽到階梯上傳來的聲音。

　　他吐出一大口氣，他不曉得原來自己一直屏著呼吸。

　　「吃過早餐了嗎？」媽媽倚著廚房門框問。

　　「吃過了，媽。」康納拿起書包說。

　　「真的嗎？」

　　「真的，媽。」

她用狐疑的眼神看著他。康納轉轉眼珠子。「吐司、麥片和果汁，」他說，「我把盤子放在洗碗機了。」

「也把垃圾拿出去了。」媽媽靜靜地說，看著他整理好的廚房有多麼乾淨。

「衣服也在洗了。」康納說。

「真是個好孩子。」媽媽說。雖然她臉上帶著微笑，但他聽得出來那聲音裡帶著悲傷。「抱歉我沒早點起來。」

「沒關係。」

「因為這一回新的療程──」

「沒關係。」康納說。

她住口不說，但仍微笑地看著他。她還沒把絲巾繫在頭上，光禿的頭皮在晨光中看起來好柔軟、好脆弱，就像嬰兒一般。看著這個畫面不禁讓康納的胃隱隱作痛。

「昨晚我聽到的是你嗎？」她問道。

康納僵住。「什麼時候？」

「半夜之後吧，應該是那時候。」她邊說邊拖著腳，走去打開水壺的開關。「我以為我在做夢，不過我敢發誓我有聽到你的聲音。」

「也許是我在說夢話吧。」康納直截了當地說。

「大概吧。」媽媽打個呵欠。她從冰箱邊的架子上拿起一個

馬克杯。「忘了跟你說，」她輕輕地說道，「外婆明天會來。」

康納的肩膀沉了下來。「喔不，媽。」

「我知道，」她說，「不過我不該每天早上都讓你自己做早餐。」

「每天早上？」康納問。「她要在這裡待多久？」

「康納——」

「我們不需要她來——」

「康納，你知道療程到了這個時候我會怎樣——」

「目前為止我們都很好呀——」

「康納。」媽媽厲聲打斷，嚴峻的口氣害得兩人都嚇了一跳，接著有好一段時間寂靜無聲，之後媽媽才帶著非常非常疲憊的神情再次擠出笑容。

「我盡量不要讓外婆待太久，好不好？」她說。「我很抱歉，我知道你不喜歡把房間讓出來。不過如果我不需要她來，我也不會開口找她呀，知道嗎？」

的確，每次外婆過來住的時候，康納就得睡到沙發上。但這才不是他不喜歡外婆的原因。他不喜歡的是她的說話方式，好像他是接受考核的員工，而他終究無法通過這個考核。再說，一直以來他們都還過得去，就他們母子倆，即使那些療程再怎麼令她難受，那也是為了康復啊，為什麼還要——？

「就幾個晚上而已，」媽媽說，好像可以讀懂他的心一樣，「別再煩心了，好嗎？」

他從拉鍊處抓起書包，一語不發，試著想想其他事情，接著他想到他塞進垃圾箱的一袋樹葉。

或許外婆待在他的房間也不是件太糟的事。

「這才是我愛的笑容，」媽媽說，順手把水壺開關切掉，然後她假裝害怕地說：「她會帶一些她的舊假髮來給我，你相信嗎？」她用另一隻手搔搔她光禿的頭。「我看起來會像是鐵娘子殭屍。」

「我要遲到了。」康納看看時鐘說。

「好吧，親愛的，」她邊說邊搖晃著走去親他的前額，「你是個好孩子。」她又說道。「真希望你不必這麼好。」

在他準備出門上學時，他看到她端著茶，走向流理臺上方的廚房邊窗；而在他開門離去時，他聽到媽媽說：「那棵老紫杉在那兒呢。」她似乎是在喃喃自語。

學　校

康納一站起來就嘗到嘴裡鮮血的味道。他摔在地上時咬到嘴唇內側，站起來後便一直專注在傷口上，奇特的金屬味令人作嘔，就像是吃到根本不是食物的東西。

但他硬是吞了下去，要是讓哈利和兩個跟班知道他在流血，他們鐵定會興奮過頭。他聽到阿東與阿蘇在他身後竊笑，他不用看也知道哈利會有怎樣的表情。他甚至可以猜到哈利接下來會以平靜、愉快的聲音，模仿討厭的大人說話。

「小心那裡的階梯呀，」哈利說，「會跌倒喔！」

沒錯，差不多就是那樣。

事情原本不是這樣的。

哈利一直是學校的金童，在每個年級都是老師眼中的模範生，第一個舉手答題的學生、足球場上最快的選手，但除了這些，他不過是康納班上另一個小鬼。他們從來不是朋友——哈利不曾有過真正的朋友，他只有跟班，阿東和阿蘇基本上就是站在他後面，對他所做的一切逢迎堆笑——但他們也不曾是敵人。康納或許還對哈利知道他的名字感到些許詫異。

不過，過去這一年來有些事情變了。哈利開始注意到康納，故意要吸引他的目光，然後以一種超然的趣味看著他。

在康納的媽媽出狀況之前還沒有這樣的轉變。不，應該還更晚些，是從康納做那個惡夢開始，是那個**真正**的惡夢，而不是那棵窮攪和的樹。是那個有尖叫與墜落的惡夢，那個他無論如何都不能向任何人啟齒的惡夢。就在康納開始做那個惡夢後，哈利才開始注意到他，就像是他身上有枚祕密印記，只有哈利才看得到。

一枚像是鐵遇到磁石般吸引哈利驅向他的印記。

新學年的第一天，哈利在康納走進校園時，將他絆倒在地，讓他一路滾到人行道上。

就此展開了這一切。

也延續了這一切。

在阿東和阿蘇大笑時，康納一直背對他們。他用舌頭舔一舔嘴唇內側確認傷勢，還不算太糟，他應該挺得住，只要到教室前不要再有其他意外。

說時遲那時快，還是有事情發生了。

「離他遠一點！」康納聽到那聲音，臉上不禁抽搐了一下。

他一轉身，就看到莉莉‧安卓斯頂著憤怒的臉直衝向哈利，這讓阿東和阿蘇笑得更誇張了。

「你的小Ｑ毛來救你囉！」阿東說。

「我只是覺得大家要公平點。」莉莉氣呼呼地說。無論她把頭髮箍得多緊，她粗硬的鬈髮還是像貴賓狗毛般彈跳不已。

「你流血了，歐邁利。」哈利平靜地說道，當作沒聽到莉莉似的。

康納來不及擦掉那一小滴嘴角的血。

「他會叫他的禿頭媽媽來給他『秀秀』！」阿蘇自以為幽默地說。

康納的胃糾結成一團火球，像是一個小太陽在他的身體裡燃燒，但他還沒來得及反應，莉莉就先動手了。她暴怒大叫一聲，將嚇到的阿蘇推到灌木叢中，整個人栽倒在地。

「莉莉·安卓斯！」地獄之聲從操場中傳來。

他們都僵住了，阿蘇甚至停在起身的半途中。他們的年級主任關老師氣沖沖地走向他們，她懾人的皺眉像是烙印在臉上的一道疤痕。

「是他們先動手的，老師。」莉莉先發制人說道。

「我不想聽這個，」關老師說，「你還好嗎，阿蘇？」

阿蘇很快瞄了莉莉一眼，接著臉上立刻做出很痛苦的表情。「我不知道，老師，」他說，「我或許得回家休息。」

「不要裝了。」關老師說。「到我辦公室來，莉莉。」

「但是老師，他們——」

「馬上去，莉莉！」

「他們在嘲笑康納的媽媽！」

這句話又讓大家都僵住了，康納肚子裡燃燒的太陽也越來越炙熱，隨時可以將他吞噬。

（而在他內心，他感覺到一閃即逝的惡夢、嘯吼的狂風，還有燃燒的黑暗——）

他將這一切都推開。

「真的嗎，康納？」關老師問，她的表情像在布道般嚴肅。

康納舌頭上的血讓他直作嘔。他望向哈利與他的跟班，阿東與阿蘇似乎有點緊張，而哈利則是直接瞪回去，一臉鎮定，一副由衷地想知道康納會說什麼的好奇模樣。

「不，老師，不是這樣，」康納一邊說一邊把血吞下去，「我跌倒了，他們只是想過來扶我。」

莉莉的臉瞬間變得又委屈又驚訝。她的嘴巴張得老大，卻沒出聲。

「都給我回教室去。」關老師說。「除了你，莉莉。」

莉莉被關老師拉著離開時，還不時回頭看康納，但康納卻別過頭去，隨即發現哈利把他的書包拿給他。

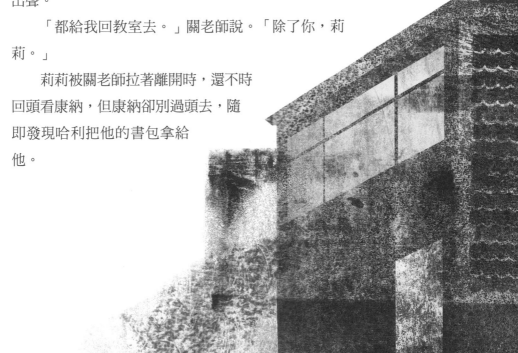

「幹得好，歐邁利。」哈利說。

康納不發一語，很快地從他手上接過書包，走向教室。

書寫生命

故事,康納在回家的路上一想到這個就頭皮發麻。

放學了,他又逃過一劫。整天下來他一直在躲避哈利他們,就算他們應該知道在差點被關老師逮到之後,膽敢再給他來個「意外」會有怎樣的下場。他也在躲莉莉,她回到教室時,眼睛又紅又腫,皺著的眉頭都可以夾死蒼蠅了。最後一節下課鐘響時,康納快步衝出校門,他覺得學校、哈利還有莉莉帶給他的重擔,隨著他走過一條又一條的街道時,一一從肩上卸了下來。

故事,他又想著。

「你的故事,」馬老師在英文課上說,「別以為你年紀不夠大,就乏善可陳。」

書寫生命,她是這麼說的,這是個描述關於自己的作業,可以是自己的家譜、住處、假期旅行,或是任何快樂的回憶之類的。

總之,就是生命中發生過的重要經歷。

康納把書包移到另一邊肩膀上。他想到一些發生過的重要經歷,但沒有一樣是他想寫出來的:爸爸的離去、某一天出去散步後再也沒回家的貓、媽媽說他們需要好好「談一談」的那個下午……

他皺起眉頭，繼續往前走。

不過，他也想起那個下午的前一天。媽媽帶他去他最喜歡的印度餐廳，讓他想點多少酸辣咖哩就點多少，然後她笑著說：「為啥不呢？」於是也幫自己點了好幾盤。他們還沒回到車上就開始不停地放屁，回家的路上，他們還因為不停地大笑與放屁而幾乎沒說什麼話。

光是想到這個，康納臉上就露出了微笑。因為那之後不是直接回家的無聊行程，而是一個在平日晚上去電影院的驚喜之旅，他們去看一部康納已經看過四次但媽媽仍愛到不行的電影。他們坐在位子上，從頭到尾咯咯咯笑個不停，吃著大桶的爆米花，喝著大杯可樂。

康納不笨。隔天他們「談一談」的時候，他就了解媽媽做了什麼，以及為什麼這麼做，但這不會帶走前一天晚上的快樂、開懷暢笑，和對未來充滿無限可能的感覺。如果在那當下有什麼很棒的事情發生在他們身上，他們也不會感到意外。

但他也不想把那個寫出來。

「嘿！」身後傳來的聲音讓他不禁嘆了口氣。「嘿，康納，等等！」

莉莉。

「嘿！」她說，從後頭追上了他，大剌剌地站在他正前方。康納不得不停下來，否則就會一頭撞上去。她喘息未定，但仍怒

容滿面。「你今天為什麼要那樣？」她問。

「走開。」康納邊說邊推開她。

「你為什麼不跟關老師說實話？」莉莉不死心地追上去。「你為什麼要害我？」

「這明明不關你的事，你幹嘛來自找麻煩？」

「我是想幫你耶！」

「我不用你幫，」康納說，「我自己應付得來。」

「才沒有！」莉莉答道。「你在流血。」

「不用你管啦！」康納大吼一聲，並加快腳步。

「我一整個禮拜都被留校察看，」莉莉埋怨道，「加上老師還給我爸媽寫字條。」

「跟我無關。」

「但這都是你的錯。」

康納突然停下腳步轉向她。他看起來氣炸了，嚇得她直往後退，錯愕的樣子看起來更像是在害怕。「是你的錯，」他說，「這全都是你的錯！」

他怒氣沖沖地走回人行道。「我們曾經是朋友耶！」莉莉在他身後喊著。

「曾經是。」康納頭也不回地答道。

他認識莉莉一輩子了，應該說，從他有印象以來就認識了，而這基本上是一樣的意思。

他們的媽媽在生康納和莉莉之前就是好朋友，而莉莉就像是住在另一棟房子裡的姊妹，特別是在他或她的媽媽幫忙彼此帶孩子的時候。即使如此，他和莉莉一直都只是朋友，不是那種在學校會有人鬧著他們亂配對的關係。從某方面來說，康納很難把莉莉當作女生看待，至少不是像學校裡的其他女生那樣。如果你倆五歲時一同在耶穌誕生劇裡飾演小羊，你會怎樣？如果你知道她多常挖鼻孔呢？如果她知道你爸爸離開後，你有多長一段時間要開著小夜燈才能睡覺呢？這就是友誼，再平凡不過了。

不過在康納與媽媽「談一談」後，接下來發生的事真的很簡單而突然。

一開始沒人知道。

然後莉莉的媽媽知道了。

然後莉莉知道了。

然後大家都知道了。大家。就這樣，一天之內世界全變了。

而他決定永遠都不要原諒她。

過了下一條街的下一條街就到他家了，不大，但很清幽。這是媽媽離婚時唯一的堅持，要這棟房子不附帶任何條件地屬於他們，即便爸爸跟他的新太史黛芬妮去美國後，他們也不用搬走。這是六年前的事，但已經久到讓康納記不得有爸爸在家是怎樣的感覺了。

然而這不表示他不會去想這件事。

他順著他們家看向山丘那一邊，教堂的尖塔刺入多雲的天空。

而佔據墓園上空的紫杉樹像是沉睡的巨人。

康納強迫自己一直盯著它瞧，逼自己看清楚那是一棵樹，一棵跟其他樹一樣的樹，就像旁邊那些沿著鐵軌排列的樹。

一棵樹。如此而已。一直都是這樣，一棵樹。

他看著看著，這棵樹在陽光下長出一個巨大的臉望向他，它的雙臂伸長，它的聲音呼喊著：康納──

他快步向後退，差點跌到街上，只得趕緊扶著路邊車輛的引擎蓋站穩。

就在他又鼓起勇氣抬頭看的時候，那又只是一棵普通的樹了。

三個故事

那天晚上他了無睡意地躺在床上，看著床頭櫃上的時鐘。

這是他所能想像中過得最慢的一晚。媽媽光是煮個冷凍千層麵就累壞了，所以在看《東倫敦人》時，不到五分鐘就睡著了。康納討厭這齣連續劇，但他還是會幫她錄好，再為她蓋上一件絨毛毯之後便去洗碗。

媽媽的手機剛剛有響，但沒吵醒她。康納看到是莉莉的媽媽打來的，就讓它直接進入語音信箱。他在餐桌寫功課，輪到寫馬老師交代的書寫生命作業時就停筆了，然後在房間上網玩了一會兒後才去刷牙，接著回房睡覺。他才剛關燈，媽媽就帶著極度的歉意，非常無力地走進房間，親了親他道晚安。

幾分鐘後，他聽到她在浴室裡嘔吐。

「需要幫忙嗎？」他在床上喊著。

「不用了，親愛的，」媽媽虛弱地回答，「我現在好像比較習慣了。」

這就是問題所在。康納也比較習慣了。療程的第二和第三天總是最糟的，那幾天她最疲憊、也吐得最厲害，這似乎已變成常態。

過了一會兒，嘔吐聲停了下來。他聽到浴室的燈咔嚓關掉，她的房門也關了起來。

　　那是兩小時前的事了，從那時起他就躺在床上清醒地等待。

　　等什麼呢？

　　他床邊的時鐘寫著12：05。接著12：06。他仔細檢查房間的窗戶，即使晚上很溫暖，窗戶還是關得緊緊的。他的時鐘滴答一聲到了12：07。

　　他起身，走向窗戶看出去。

　　怪物站在花園裡，朝著他看回來。

　　打開，怪物說，它的聲音清楚得就像沒有窗戶隔在他們中間，我要跟你談一談。

　　「是唷，當然，」康納壓低聲音說，「因為怪物總是要這麼做。要談一談。」

　　怪物笑了，那真是猙獰的畫面。倘若要我來硬的，它說，我樂意至極。

　　它舉起滿是樹瘤的拳頭，敲擊康納房間的牆壁。

　　「不！」康納說。「不要吵醒我媽。」

　　那就出來，怪物說。即使在房間裡，康納的鼻子也充斥著潮溼的泥土、木頭與樹汁的味道。

　　「你找我幹嘛？」康納問。

　　怪物將臉貼近窗戶。

不是我找你，康納‧歐邁利，它說，是**你找我來**的。

「我又沒事，幹嘛找你。」康納說。

還沒有，怪物說，但你遲早會有。

「不過是一場夢。」康納在後院邊跟自己這麼說，邊看著夜空裡月光下的怪物剪影。他雙手緊緊抱胸，不是因為天氣冷，而是他不敢相信自己真的躡手躡腳走下樓，打開後門來到外面。

他還是覺得很平靜。這真奇怪。這個惡夢——它確確實實、毫無疑問是個惡夢——跟別的惡夢天差地別。

舉個例來說，它既不令人害怕，也不會造成驚慌，更沒有一絲黑暗。

然而怪物出現在這，就像是晴朗的夜晚一般清楚，矗立在他面前十到十五公尺高的怪物，在夜裡沉沉地呼吸著。

「這只是一場夢。」他又說了一次。

那夢又是什麼呢，康納‧歐邁利？怪物邊說邊彎下身，把臉湊近康納的臉。又有誰敢說這以外的一切不是夢？

怪物一移動，康納就聽到怪物巨大的身子裡發出吱吱嘎嘎的碎裂聲音。他也看到怪物結實有力的臂膀，一束束巨大的交錯枝條，在樹的肌理中不停地翻騰轉動，連結著樹幹組成的大胸膛上，頂著一顆頭和隨時可以把他一口撕裂的牙齒。

「你是什麼東西呀？」康納問，雙手抱得更緊了。

我不是一個「東西」，怪物皺起眉來，我是個「人」。

「那你是什麼人？」康納說。

怪物眼睛瞪大。我是什麼人？它說，聲音也逐漸增大，**我是什麼人？**

怪物似乎在康納眼前緩緩變大、變高、變壯。一陣突如其來的強風繞著他倆旋轉，怪物將手臂大張，張到快碰到地平線的兩側，彷彿要圍住這個世界。

我的名諱之多，有如要從荏苒光陰中計算年數一樣數不清！怪物吼著。我是獵人赫恩[1]！我是賽農諾斯[2]！我是永恆的綠色之人[3]！

一隻巨手懸盪下來，把康納抓住，舉到半空中，風繞著他倆打轉，吹得怪物的葉狀肌膚不停飛舞顫動。

我是什麼人？怪物依舊嘶吼著問道。我是撐起山巒的脊柱！我是川河涕泣的淚珠！我是烈風吐納的肺腑！我是獵食雄鹿的狼、獵食老鼠的鷹、獵食蒼蠅的蜘蛛！我是被獵食的雄鹿、老鼠，和蒼蠅！我是盤繞世界之蛇，吞噬著自己的尾巴！我是未被馴服也不可馴服的萬事萬物！

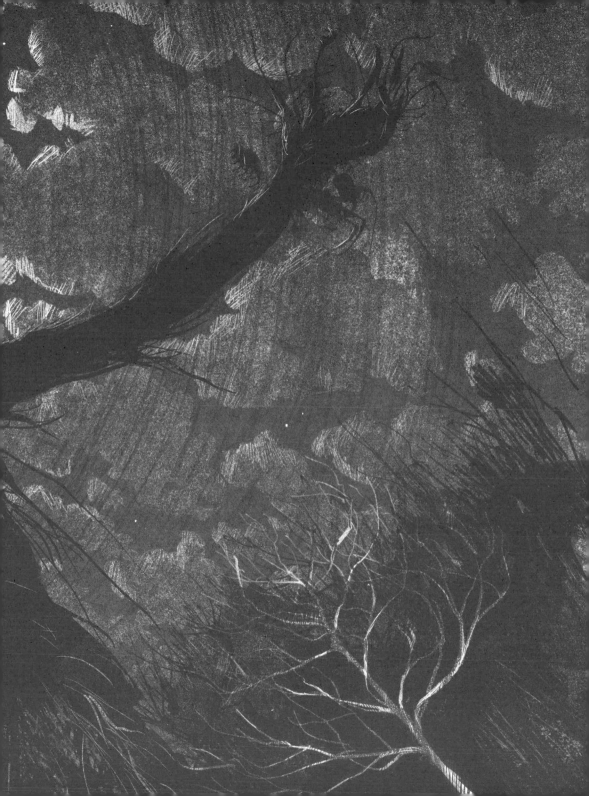

他將康納湊近眼邊。我是這個瘋狂的塵世，我為你而來，康納．歐邁利。

「你看起來像棵樹。」康納說。

怪物將他捏到尖叫了起來。

我不常徒步行走，孩子，怪物道，只為生死之事而來。我要你仔細聆聽。

怪物鬆開手，康納總算又能喘口氣。「那你究竟要我怎樣？」康納問。

譯註 1：英國中世紀傳說中的亡靈；溫莎森林的守護者。
譯註 2：凱爾特傳統信仰中的有角神祇，後代多視之為自然或豐饒之神。
譯註 3：凱爾特傳統信仰中的自然之神，代表四季之更迭。據稱由賽農諾斯演化而來。

　　怪物露出邪惡的微笑。風停了下來，霎時一片寂靜。總算，怪物說道，講到了重點，我徒步而至的原因。

　　康納神經繃緊，突然害怕起即將臨頭的事。

　　接下來會發生的事，康納·歐邁利，怪物繼續說著，就是之後的晚上我都會來找你。

　　康納感覺到他的胃一陣緊縮，就像他正準備好挨一拳。

　　我會跟你說三個故事，我過去為了某些理由而行走的三個故事。

　　康納眨了眨眼，接著又眨了一下。「你要跟我說故事？」

　　正是，怪物說。

　　「這樣的話——」康納不可置信地看看四周。「那怎麼能算是惡夢呢？」

　　故事是萬物中最狂不可馴的，怪物的聲音隆隆作響，故事會追捕、啃咬、獵取人們。

　　「老師們也是這麼說，」康納道，「可沒人相信。」

　　我說完我的三個故事後，怪物對康納的回嘴充耳不聞，你要跟我說第四個故事。

　　康納在怪物的手中扭動了一下。「我不擅長說故事。」

　　你要跟我說第四個故事，怪物重複道，而且是真實的故事。

　　　「真實的故事？」

　　不是一般的真實故事，是你的真實故事。

「好——吧，」康納說，「你曾說我會在最後被嚇個半死，但這聽起來一點也不嚇人。」

你知道並非如此，怪物說，你知道你的真實故事，你深藏內心的那一個，康納·歐邁利，你最為畏怯的那一個。

康納停止扭動。

這該不會是指——

它指的不可能會是——

它絕不可能知道那個。

不。不。他絕不會把真正的惡夢中發生的事情說出來，死都不要。

你會說的，怪物說，這也是你呼喚我的原因。

康納感到更困惑了。「呼喚你？我沒有呼喚你呀——」

你會跟我講第四個故事，你會向我傾訴實情。

「如果我偏不呢？」康納說。

怪物再度露出猙獰的微笑。那麼我就將你生吞活剝。

它的嘴巴張到令人難以想像的大，大到可以將整個世界吞下去，大到可以讓康納永遠消失——

他大叫一聲從床上坐起來。

他的床。他又回到床上了。

他生氣地嘆口氣，這當然是個夢。千真萬確又是個夢。

他用手掌揉揉雙眼，要是每個夢都這麼累人，他要怎樣好好

休息呢？

　　他得幫自己倒杯水喝，他邊這麼想邊將被子掀開。他要起來，然後重新度過這個夜晚，把莫名其妙的怪夢徹底忘掉——

　　有東西在他腳下發出壓扁的聲音。

　　他把燈打開。地板上全是有毒的紫杉樹果。

　　不知怎麼地，它們看起來像是從緊鎖的窗戶外進入的。

外　婆

「你有沒有當你媽媽的好孩子啊？」

外婆用力擰著康納的臉，他敢發誓雙頰快被擰出血了。

「他一直都很乖呀，媽。」媽媽邊說邊在外婆背後跟康納眨眨眼。她最喜愛的藍絲巾正繫在頭上。「別讓他那麼痛了。」

「喔，胡說。」外婆說，在他臉上玩笑似地拍了兩巴掌，那真的很痛。「怎麼不去幫我和你媽煮個水？」她的口氣一點都不像是在問話。

就在康納如釋重負地離開房間時，外婆扠著腰看著媽媽。「好啦，親愛的，」他進廚房前聽到她這麼說著，「我們現在該拿你怎麼辦呢？」

康納的外婆不像一般的外婆。他見過莉莉的外婆很多次，她就真的有外婆該有的樣子：皺皺的皮膚、笑嘻嘻的臉、頭上跟身上的毛髮都是白色的。她會為大家把三種不同的蔬菜燉得老老的；聖誕節時會戴著紙皇冠，拿著一小杯雪莉酒，在角落裡咯咯笑。

康納的外婆身穿量身訂製的長褲套裝，頭髮染得沒有一絲灰

髮，而且總是說一些難以理解的話，像是「六〇年代就是新的五〇年代」，或「經典款車輛要用最貴的蠟」。這些究竟是什麼意思呀？她會寄電子生日卡片、會跟服務生為了酒討價還價，而且居然還有工作！她的家更離譜，到處都是不能碰的昂貴舊玩意兒，連清潔女工想幫鐘撢個灰都不行。這又是另一件事，哪有外婆需要清潔女工呀？

「兩匙糖，不加奶。」康納泡茶時，她從客廳喊著，一副她來過三千次但康納還是不曉得她的習慣似的。

「謝謝你，孩子。」他端茶過來時，外婆說道。

「謝謝你，寶貝。」媽媽在外婆看不到的角度笑著對他說，仍舊想和他一起對外婆同仇敵愾。他真拿媽媽沒辦法，只得回她一個淺笑。

「今天在學校還好嗎，年輕人？」外婆問。

「還好。」康納說。

其實一點也不好。莉莉還在生悶氣，哈利則把沒有筆蓋的麥克筆放在他書包深處，而關老師把他拉到一旁，一臉嚴肅的關心他的近況。

「跟你們說，」外婆邊說邊把茶杯放下來，「離我家不到半英里有一所非常要求獨立的男校，我去查過了，那邊的課業要求相當高，絕對比他現在上的學校還要高很多。」

康納瞪著她。這是他不喜歡外婆的另一個原因，她剛剛說的

這些話，恰恰顯示了她瞧不起他念的當地學校。

或者不只這樣，這可能也在暗示一個將來的可能。

一個不久之後的可能。

康納覺得他的胃又掀起了一陣怒意——

「他在這裡很開心，媽，」媽媽很快地說，又看了他一眼，「是不是，康納？」

康納咬牙切齒地回道：「我在這很好。」

晚餐吃的是外帶的中式快餐。康納的外婆「不太煮飯」，這倒是真的。每次他去她家住時，她的冰箱除了一顆蛋和半顆酪梨外，幾乎沒別的東西。康納的媽媽還是累得沒辦法煮飯，就算康納可以做點什麼，外婆壓根兒也不會考慮到這個可能性。

飯後當然還是由他來收拾，就在他把鋁箔餐盒壓在他藏於垃圾桶底下那袋毒漿果的上頭時，外婆來到他的身後。

「你跟我要好好談一談，孩子。」她說，站在門邊以防他逃跑。

「你知道我有名字，」康納邊說邊把垃圾往下壓，「而且不是叫孩子。」

「少耍嘴皮子。」外婆道，她雙手盤胸站在那。他瞪了她有一分鐘之久，她也瞪回去，然後她噴了一聲。「我不是你的敵人，康納，」她說，「我是來幫你媽的忙。」

「我知道你為什麼來這裡。」他說，拿出一塊抹布開始擦起

已經很乾淨的流理臺面。

外婆傾身向前，把抹布從他手上奪了過來。「我在這，是因為十三歲的男孩子不該自動自發整理流理臺。」

他怒視著她。「不然你要整理嗎？」

「康納──」

「你走啦，」康納說，「我們這裡不需要你。」

「康納，」她語氣變得更堅定，「我們要好好談一下之後的事。」

「不，不用。她每次療程後都會不舒服，她明天就會好一些。」他對著她怒目而視。「然後你就可以回去了。」

外婆抬頭看著天花板，嘆了口氣，接著揉揉臉。康納詫異地看著她生氣，非常生氣。

不過或許不是針對他。

他拿出另一塊抹布又開始擦了起來，這樣他就不必看著她。他一直擦到水槽，剛好可以瞄出窗外。

怪物就站在他們家後院，如落日般巨大。

看著他。

「她明天會看起來好多了，」外婆聲音更嘶啞地說，「但是她不是真的好了，康納。」

這簡直胡說八道。他轉向她，「那些療程會讓她好起來，」他說，「所以她才會去醫院。」

外婆注視著他良久，一副試著決定什麼事的樣子。「你要跟

她談談這件事，康納，」她終於說出口了，接著又像是自言自語
地說：「她要好好跟你說清楚。」

「跟我說清楚什麼？」康納問。

外婆兩手交疊。「說你要來跟我住這件事。」

康納皺起眉頭，有一瞬間整個房間似乎暗了下來、整幢房子
似乎都在搖晃、彷彿他一伸手就可以把整片地板從深色的土壤中
掀起來——

他眨了眨眼。外婆還在等他回應。

「我不會去跟你住。」他說。

「康納——」

「我永遠都不會去跟你住。」

「會，你會的。」她說。「我很抱歉，但你會的。我知道她
試著要保護你，不過我覺得，讓你知道等這一切結束後，你依然
會有個家，是非常重要的，孩子。有人會愛你和照顧你。」

「等這一切結束，」康納語氣中帶著憤怒，「你就會離開，
而我們將平安無事。」

「康納——」

接著他們同時聽到客廳傳來的聲音：「媽？媽？」

外婆衝出廚房的速度快到讓康納嚇得往後跳。他聽到媽媽咳
嗽和外婆說話的聲音，「好了，親愛的，沒事，噓，噓，噓。」
他走去客廳的同時回頭瞄了廚房窗戶一眼。

怪物已經走了。

外婆在沙發上扶著媽媽，在媽媽對著備用小桶嘔吐時，不時搓揉她的背。

外婆抬頭看他，但她的表情呆滯且僵硬，讓人完全看不出她的思緒。

狂野的故事

　　房子一片漆黑。外婆總算送媽媽回房睡覺，然後進到康納的房間把門關上，完全沒問他是否想在她睡覺前拿什麼東西出來。

　　康納清醒地倒在沙發上。他覺得自己難以入睡，不是因為外婆說過的話，也不是媽媽今晚的狀況。已經做完療程整整三天了，她通常在這個時候都會覺得好多了，但如今她還在嘔吐，還一直很疲倦，比以前拖得更久——

　　他把這些思緒推到腦後，但它們又跑回來，然後他又得再次把它們推開。後來他總算漸漸睡著了，但他知道自己入睡是因為惡夢出現了。

　　不是那棵樹，是惡夢。

　　狂風怒吼，天搖地動，緊握的手還是滑開了，康納再怎麼使力都無法握住，然後手鬆脫、墜落、尖叫——

　　「不！」康納喊道，一陣恐懼隨他清醒，把他的胸膛緊鉗到差點喘不過氣來，他的喉嚨哽住，眼裡含著淚水。

　　「不。」他又悄聲說道。

　　房子又靜又暗。他聽了一會兒，沒驚動什麼東西，媽媽或外婆也沒出聲。他瞇眼注視一片漆黑中放在DVD播放器上的時鐘。

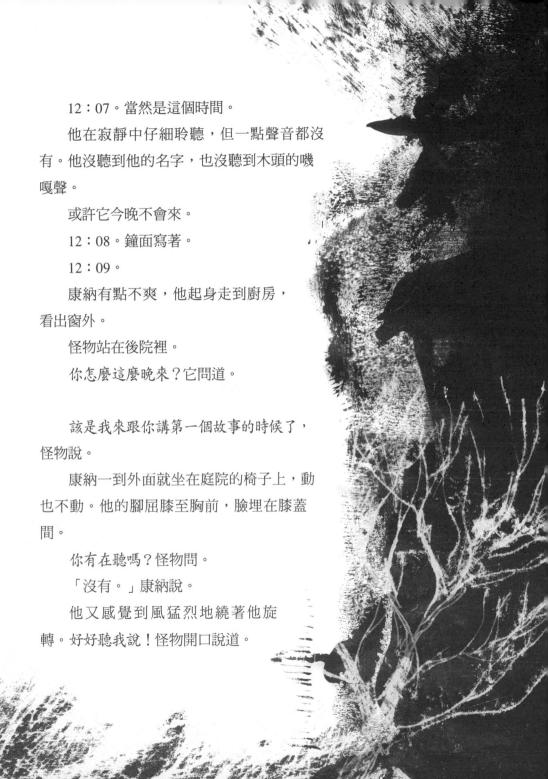

12：07。當然是這個時間。

他在寂靜中仔細聆聽，但一點聲音都沒有。他沒聽到他的名字，也沒聽到木頭的嘰嘎聲。

或許它今晚不會來。

12：08。鐘面寫著。

12：09。

康納有點不爽，他起身走到廚房，看出窗外。

怪物站在後院裡。

你怎麼這麼晚來？它問道。

該是我來跟你講第一個故事的時候了，怪物說。

康納一到外面就坐在庭院的椅子上，動也不動。他的腳屈膝至胸前，臉埋在膝蓋間。

你有在聽嗎？怪物問。

「沒有。」康納說。

他又感覺到風猛烈地繞著他旋轉。好好聽我說！怪物開口說道。

我與這塊土地齊壽，你該對我有所尊重——

康納從椅子起身，轉頭走回廚房門邊。

你想去哪裡？怪物詰問著。

康納猛然轉身，臉上滿布著憤怒與痛苦，這讓怪物站直了身子，並驚訝地揚起葉子形成的粗大眉毛。

「你懂什麼？」康納輕蔑地吐口水。「你對這一切又了解多少？」

我懂你，康納・歐邁利，怪物說。

「不，你不懂，」康納說，「如果你真的懂我，就會知道我沒有閒工夫聽某棵根本

不是真實的無聊笨樹講的無聊笨故事——」

喔？怪物說。你是做夢夢到房間地板上的那些漿果囉？

「誰管是不是夢到的！」康納吼回去。「那不過是些笨果子。嗚～嗚～好恐怖喔。喔，拜託，拜託，把我從果子中救出來！」

怪物好氣又好笑地看著他。真奇怪，怪物說，你說你害怕那些漿果，但你的動作似乎又並非如此。

「你與這塊土地齊壽，會不曉得什麼是諷刺嗎？」康納問。

喔，我聽過，怪物說，邊將它巨大的樹枝手臂扠在腰上，但人們通常知道最好不要跟我說那些話。

「你難道不能夠不要管我嗎？」

怪物搖搖頭，但不是在回應康納的問題。真是非比尋常，它說，無論我做什麼都嚇不著你。

「你不過是棵樹。」康納說話時也沒多想。即使它會走路說話，即使它比他們家房子還大，還可以一口把他吞下去，但怪物終究不過是一棵紫杉樹。康納看到越來越多果子從怪物手肘的樹枝長出來。

而你有更畏懼的東西，怪物與其說是問問題，不如說是陳述事實。

康納看看地上，再抬頭看看月亮，就是不看怪物的眼睛。惡夢般的感覺從他身體裡油然生起，將他身邊的一切沒入黑暗中，如此沉重而艱困，就像被迫徒手抬起一座山，除

非做到，否則不准離開。

「我以為，」他咳了一下才又說話，「我跟外婆吵架的時候，有看到你在看著我，我以為……」

你以為如何呢？怪物插話問道。

「算了。」康納說完，轉身走向房子。

你以為我會幫你，怪物說。

康納停下腳步。

你以為我會打垮你的敵人、屠殺你的惡龍。

康納還是沒回頭，但也沒走進屋子。

當我說是你呼喚我，你是我徒步而來的原因時，你必然感受到我話中的真實性，是不是？

康納轉身，「但你只是要跟我說故事。」他無法隱藏聲音裡的失望，因為它說對了，他的確想過，曾期盼過。

怪物蹲下來，把臉湊近康納。我如何打垮敵人的故事，它說，我如何屠殺惡龍的故事。

康納對著怪物眨了眨眼。

故事是狂野的生物，怪物說，你若沒好好看管它們，天曉得它們會捅出什麼婁子？

怪物抬頭，康納也隨著它的目光望去。它在看康納臥房的窗戶，房間裡的外婆正熟睡著。

我來告訴你一個我徒步而行的故事，怪物說。我來告訴你一個邪惡皇后的下場，以及我怎麼讓她消失不見。

康納嚥了一下口水，然後看著怪物的臉。

「說吧！」他說。

第一個故事

　　很久以前，怪物說，在這座城鎮有馬路、火車和汽車之前，這兒是一片綠地。每座山丘上、每條小徑邊都是樹。這些樹為溪流遮蔭，也保護著每棟房子，那時在這塊土地上的房子都是石磚泥土所砌成的。

　　這裡曾是個王國。

　　（「什麼？」康納說，看看後院的四周。「這裡？」）

　　（怪物好奇地將頭轉向他。你沒聽過嗎？）

　　（「沒有，沒聽說這裡曾是個王國。」康納回道。「我們連個麥當勞也沒有。」）

　　總之，怪物繼續說道，這裡曾是個王國，規模不大，但人人安居樂業，因為他們的國王是個公正的君主，年輕時的困頓讓他充滿智慧。他的妻子為他生了四個健壯的兒子，即便在國王的統治下，他們仍然必須走入戰場以保衛王國的和平，身披盔甲加入一場場的戰爭，對抗巨人與毒龍、對抗赤眼黑狼、對抗法力高深的巫師所領導的軍隊。

　　這些戰爭鞏固了王國的邊界，並為這片土地帶來和平。但勝利是需要代價的，國王的四個兒子一個接著一個陣亡，死於毒龍

之火、巨人之手、餓狼之口，或敵軍之矛。一個接著一個，四位王子倒下，只留給國王一名後嗣，他襁褓中的孫子。

（「這聽起來好像童話喔。」康納懷疑地說。）

（你若聽過人被長矛刺死的尖叫聲，怪物答道，或是被狼撕成碎片時驚懼的慘叫聲，就不會這麼說了。現在好好聽，不要說話。）

沒多久，國王的妻子在憂傷中離世，而年輕王子的母親也步入一樣的結局。國王僅剩這個孫子，以及更多難以獨自背負的痛苦。

「我應該要再娶。」國王決定。「即使不是為了我，也是為了我的王子以及這個王國。」

他真的再娶了，娶了一位鄰國的公主，這個結盟讓兩個王國更加強盛。公主年輕貌美，即使外表有些冷酷、言語有些尖刻，但她似乎讓國王感到很快樂。

時光飛逝。年輕的王子即將成年，再過兩年他就十八歲了，一旦老國王駕崩，他便可以繼承王位。那段時光裡，王國處處歡欣鼓舞，戰爭都已結束，而在勇敢的年輕王子帶領下，未來也似乎安全穩固。

有一天，國王病倒了，他被現任妻子下毒的謠言四起，到處都在傳說她召喚高深的魔法，使自己看起來遠比實際年齡還要年輕，以青春的外表掩蓋老巫婆的皺皮。沒有人對她向國王下毒這件事感到意外，但國王請求他的子民，在他嚥下最後一口氣之前

都不要責怪她。

最後國王過世了，而他的孫子還要一年才能繼承王位。王后，也就是王子的繼祖母，便代替他即位，成為新任統治者，並在他年滿之前，接管所有軍國大事。

令許多人驚訝的是，她的確領導有方。雖然謠言紛飛，她依舊青春貌美，也努力遵從已逝國王的方法領導國家。

就在這時，王子墜入了愛河。

（「我就知道，」康納發著牢騷，「這類的故事總是會有笨王子墜入愛河。」於是他開始走回屋子。「我還以為這個故事會好一些。」）

（說時遲那時快，怪物用他又長又壯的手抓住康納的雙腳膝蓋，將他倒吊在半空中。他的T恤擠縮在一起，心跳也在頭頂怦怦不停。）

（我之前說過什麼，怪物說。）

王子陷入情網了。對方是農夫的女兒，但她既秀麗，又聰明，農事是門非常複雜的生意，而她恰如農夫之女該有的樣子。整個王國十分看好這門婚事。

唯獨王后不這麼認為。她相當享受身為統治者的時光，不願意輕易放棄。她開始認為王后的冠冕應該留在王室內不外流，這個王國必須讓有足夠智慧的人來治理，還有什麼更好的方法比得上讓王子跟她結婚呢？

（「好噁心！」康納倒掛著說。「她是他的祖母耶！」）

（**繼祖母**，怪物糾正他。沒有血緣關係，而且就外表來說，她還是個妙齡女子。）

（康納搖搖頭，頭髮因此飄蕩著。「這樣不對。」他停頓了一下。「你可以把我放下來嗎？」）

（怪物把他放回地面上，又繼續他的故事。）

王子也覺得跟王后結婚是錯的。他說他寧死也不願意，他還發誓要與美麗的農夫之女私奔，並在十八歲生日當天回國，解救在王后暴政下的子民。因此，某個夜晚，王子與農夫之女策馬離去，天將破曉時才停下來，在大紫杉樹的樹蔭下休憩。

（「是你嗎？」康納問。）

（是我，怪物答道。但那不過是一部分的我。我可以化身為各形各貌，但紫杉樹是我最舒服的樣貌。）

王子與農夫之女在漸漸明亮的晨曦中緊緊相擁。他們曾立誓到鄰國結婚之前都要保守貞潔，但激情使他們沖昏了頭，沒多久他們就枕在彼此的懷抱中赤裸入眠。

他們在我的樹蔭下睡了整個白天，緊接著夜晚又降臨了。王子醒了過來，「醒來呀，親愛的。」他向農夫之女呢喃著。「我們還要上路，直到我們到達可以締結夫妻之處。」

但他的情人沒有醒來。他搖搖她，就在她於月光中倒下的剎那，他發現地上的血跡。

（「血？」康納說，但怪物繼續說著。）

王子手上也沾滿了血，然後他看到樹根邊的草地上有一把沾

65

著血跡的刀子。有人謀殺了他的情人，並把一切布置得像是王子犯下了這個罪行。

「王后！」王子大喊。「王后該為此罪行負責！」

他聽到遠處有村民朝這邊走來。倘若他們發現他，他們就會看到刀子與血，然後把他當作殺人犯，憑此罪名將他送上死刑臺。

（「而王后就可以毫無阻力地繼續統治國家。」康納說，邊發出作噁的聲音。「我希望故事最後你會把她的頭扯斷。」）

王子無處可逃，他睡覺時就把馬驅走了，紫杉樹是他唯一的依靠，也是他唯一能求救的地方。

好了，那時候的天地還不成熟，萬物間的界線仍很薄弱，也易於穿越。王子知道這件事，所以抬起頭來，對著紫杉樹說話。

（怪物停頓了一會兒。）

（「他說了什麼？」康納問。）

（他說了足以說服我行走的話，怪物說，我一看到不公就知道了。）

王子跑向前來的村民。「王后殺了我的新娘！」他大喊。「王后的惡行應該要被制止！」

王后會巫術的謠言流傳已久，而王子又受到眾人愛戴，因此沒有人願意花心思好好看清這明顯的事實。過沒多久，他們就看到如山丘般高聳的綠巨人走在王子背後，前往復仇。

（康納又瞄了一眼怪物巨大的四肢，參差多齒的大口，以

及令人震撼的恐怖。他想像王后看到它朝著她過來時會想些什麼。）

（他微笑了。）

人民聚集在王后的城堡，他們的憤怒震落了城牆上的石頭，堡壘倒塌，頂篷傾垮。王后在房內被找到時，暴民們抓住她，將她拖到木樁上準備施以火刑。

（「讚！」康納說，嘴角微笑著。「她活該。」他抬頭看著外婆就寢的房間窗戶。「我想你應該不會幫我這麼對付她吧？」他問。「我的意思是，我不想把她活活燒死之類的，不過或許只要——」）

（故事，怪物說，尚未結束。）

第一個故事待續

「還沒嗎?」康納問。「可是王后被推翻了呀!」

她是被推翻了,怪物說,但不是被我推翻的。

康納躊躇了一下,感到困惑。「你說你會確保她消失不見。」

我的確是這麼做。就在村民往木樁上點火要活活燒死她時,我伸手攔截並救了她。

「你什麼?」康納說。

我帶她到村民再也找不著她的遙遠之處,到比她出生的國度還要遠的靠海小鎮。我在那放下她,讓她平靜地度過餘生。

康納跳起來,不可置信地拉高音調。「她殺了農夫的女兒!你怎麼可以救一個殺人犯?」接著他的臉沉了下來,向後退了一步。「你果真是個怪物。」

我從沒說她殺了農夫之女,怪物說,我只說是**王子**這麼說。

康納眨眨眼,又把手盤起來。「那究竟是誰殺了她?」

怪物以一種特別的手勢張開它巨大的雙手,一陣風吹了過來,帶起一團迷霧。康納家的屋子仍在他身後,但大霧瀰漫著後院,接著出現一片原野,以及矗立其中的巨大紫杉樹,還有沉睡

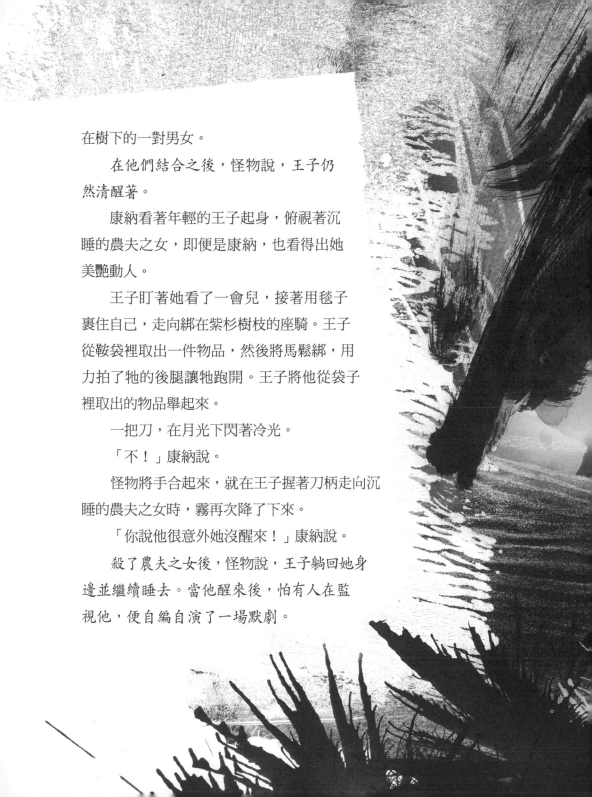

在樹下的一對男女。

　　在他們結合之後，怪物說，王子仍
然清醒著。

　　康納看著年輕的王子起身，俯視著沉
睡的農夫之女，即便是康納，也看得出她
美艷動人。

　　王子盯著她看了一會兒，接著用毯子
裹住自己，走向綁在紫杉樹枝的座騎。王子
從鞍袋裡取出一件物品，然後將馬鬆綁，用
力拍了牠的後腿讓牠跑開。王子將他從袋子
裡取出的物品舉起來。

　　一把刀，在月光下閃著冷光。

　　「不！」康納說。

　　怪物將手合起來，就在王子握著刀柄走向沉
睡的農夫之女時，霧再次降了下來。

　　「你說他很意外她沒醒來！」康納說。

　　殺了農夫之女後，怪物說，王子躺回她身
邊並繼續睡去。當他醒來後，怕有人在監
視他，便自編自演了一場默劇。

不過，你或許會很意外，他也是要演給自己看的。怪物的樹枝嘎吱作響。有時候人們最需要欺騙的是自己。

「你說他請你幫忙！而你幫了他！」

我只說他說了足以說服我行走的話。

康納瞠目結舌地看著怪物，再看著後院從漸漸消散的霧中重新出現。「他跟你說什麼？」他問道。

他說他是為了整個王國著想，才對情人痛下毒手；他還說新王后確實是個女巫，他的祖父在婚前曾一度懷疑，但沉迷於她的美貌也就不計較了。王子無法靠自己的力量擊敗法力強大的女巫，他需要村民的憤怒來助他一臂之力，而農夫之女的死亡可以點燃人民的怒火。他說他做這件事難過到心都碎了，他的父親為了保衛國家戰死沙場，如今他的未婚妻也得為了這個國家而犧牲，她的死亡可以推翻巨大的邪惡力量。當他說王后謀殺了他的未婚妻時，他以自己的方式真心地相信這事千真萬確。

「真是一堆廢話！」康納大吼著。「他不需要殺了她呀，人們都支持他，他們無論如何都會追隨他的。」

兇手的辯訴不能輕信，怪物說。我看到了不公，因此我徒步而行是為了王后，而不是王子。

「他有被逮到嗎？」康納倒抽一口氣。「他們有沒有懲罰他？」

他成為一位萬人愛戴的國王，怪物答道，他快樂地統治國家，直到高齡而逝。

康納抬頭看著他的房間窗戶，又皺起了眉頭。「所以好王子其實是殺人犯，而壞王后根本就不是女巫。這其中是不是有什麼教訓，例如要我對她好一點？」

他聽到一陣不同往常的低聲轟隆，過了一分鐘才發現原來是怪物在大笑。

你以為我說故事是要你得到**教訓**嗎？怪物說。你以為我穿越時空徒步至此，是為了要教你友善的一課嗎？

它越笑越大聲，直到大地搖晃，連天也快要垮了似的。

「哎唷，好啦！」康納不好意思地說。

不，不，怪物總算平靜下來繼續說道。王后確實是個女巫，也很可能變成一股巨大的邪惡力量。誰曉得呢？畢竟她試著要鞏固自己的權力啊。

「那你為何要救她？」

因為她**不是**個殺人犯。

康納在後院走了一會兒，沉思著，接著又走了一會兒。「我不懂。誰是這故事裡的好人？」

並不是一直都有好人，也不是一直都有壞人。大多數的人都介於兩者之間。

康納搖搖頭。「這是個很糟糕的故事，是個騙局。」

這是**真的**故事，怪物說。很多真實的事物讓人覺得像騙局。王國擁有應得的王儲、農夫之女無辜枉死、女巫有時候也可以獲得救贖。事實上這經常發生，你要是知道會大吃一驚。

康納又瞄了一眼他的房間窗戶，想像外婆睡在他床上的樣子。「那要怎樣才能把我從她那邊救出來？」

怪物筆直挺立，從遠遠的高處向下看著康納。

你並不需要從她那邊救出來，它說。

康納從沙發上坐直起來，又急促地呼吸著。

鐘上寫著12：07。

「該死！」康納說。「我究竟在做夢還是怎樣？」

他生氣地站起身——

隨即腳指頭就踢到了東西。

「現在是怎樣？」他埋怨著，挪動身子去開燈。

在地板的一個節疤上，一株新長出的堅硬樹苗已經抽條，大約一英尺高。

康納瞪著它好一陣子，然後去廚房拿了刀子，將它從地板上鋸了下來。

共　識

「我原諒你。」隔天莉莉在上學的路上追上他時這麼說。

「原諒什麼？」康納問，卻沒看著她。他仍舊對怪物說的故事氣憤不已，從騙局到故事的曲折離奇，完全沒有任何幫助。他花了半個小時將那異常堅硬的樹苗從地板上鋸下來，然後覺得沒睡多久又得起床了，而他會起床也是因為外婆對他吼著上學要遲到了。她甚至不讓他跟媽媽說再見，因為她說媽媽整晚都睡不好，需要好好休息。這讓他感到很愧疚，如果媽媽晚上睡不好，那應該是由他隨侍在側，而不是在他還來不及好好刷牙，就塞一顆蘋果在他手上，推他出門的外婆。

「呆瓜，我原諒你給我惹來麻煩。」莉莉說，但口氣沒有很兇就是了。

「是你給自己惹麻煩。」康納說。「是你推倒阿蘇的。」

「我原諒你說謊啦！」莉莉說。她的鬢髮被硬塞在髮圈內。

康納仍繼續往前走。

「你不跟我道歉嗎？」莉莉問。

「不要。」康納說。

「為什麼不要？」

「因為我不覺得抱歉。」

「康納──」

「我不道歉，」康納停下來說，「而且我不原諒你。」

他們在爽冽的晨光下互瞪，沒有人想先轉移目光。

「我媽說我們要給你一些特權，」莉莉終於先開口，「因為你現在處於非常時期。」

有那麼一瞬間，太陽似乎藏到雲朵後面；有那麼一瞬間，康納只看見突如其來的烏雲正快速聚攏，並感覺得到雷雨隨時會在天空中爆發，然後打進他的身體，再從他的拳頭穿出；有那麼一瞬間，他覺得自己可以一把抓住空氣，然後繞著莉莉扭轉，將她劈成兩半──

「康納？」莉莉驚嚇地說。

「你媽什麼都不知道，」他說，「你也一樣。」

他從她身邊快步走過，將她遠遠拋在後頭。

大概一年多前，莉莉沒有經過康納同意，便告訴一些朋友康納媽媽生病的事，那些朋友又告訴一些朋友，接著口耳相傳。那天還沒過完一半，他的周遭就像被劃出一個圈子，這個禁區以康納為中心，四周布滿了沒人敢踏入的地雷。突然之間，他認為是朋友的人都在他靠近時停止說話，倒也不是說他除了莉莉之外還有一堆朋友，但總是還有那麼幾個。他瞥到人們在他行經走廊或吃午餐時低聲竊語，甚至他在課堂上舉手時，連老師們都投以不

一樣的目光。

　　搞到最後他乾脆不去找那群朋友，不去理會那些竊語，上課也不舉手回答了。

　　似乎沒有人注意到這樣的變化，他就像是突然隱形了。

　　從沒有一個學年比上一個更難熬，也從沒有一個暑假比上個更讓人感到安心。那時候，媽媽正在接受密集治療，她一再地強調療程很辛苦但「有些效果」，而這個長程治療即將告一個段落。他們打算等她療程結束，新學年也即將開始之時，把這一切都拋到腦後，好好重新過日子。

　　但計畫趕不上變化。媽媽的療程拖得比預計的還要久，做完了第二輪，現在又在做第三輪。新學年的老師甚至更誇張，他們認識康納不是因為他以前的表現，而是因為媽媽的緣故。其他同學對他的態度就像是他生病似的，尤其在哈利與他的跟班挑他做欺負的對象後，更是如此。

　　現在外婆又不時出現在家裡，而他又夢到樹。

　　如果那不是夢，那就更糟了。

　　他氣呼呼地走向學校。他怪莉莉是因為這絕大部分都是她的錯，不是嗎？

　　他當然要怪莉莉，要不他還能怪誰呢？

　　這一次，哈利的拳頭擊落在他的胃部。

　　康納跌到地上，水泥階梯把膝蓋擦傷了，還在制服長褲上裂

開一個洞。破洞是最難處理的，因為縫紉實在不是他的長項。

「你真是個笨蛋，歐邁利。」阿蘇不知在他身後哪裡笑著說。「你好像每天都會跌倒耶。」

「你該去找個醫生看看。」他聽到阿東說。

「或許他喝醉了。」阿蘇說，接著傳出更多笑聲，不過除了那兩人之外，有一個人沒出聲，康納知道哈利沒在笑。他不用回頭也知道，哈利在觀察他，等著看他接下來會有什麼反應。

他站起來的時候，看到莉莉倚著圍牆。她和一些女生正準備在下課結束前回到教室，她沒跟她們聊天，只在離開時看著康納。

「今天沒有超級Q毛來幫忙囉！」阿蘇說，他還是笑個不停。

「你可真幸運啊，阿蘇。」哈利終於開口說話了。康納還是沒轉過頭去看他們，不過他知道哈利沒有因為阿蘇的笑話發噱。康納看著莉莉，直到她消失蹤影為止。

「嘿，我們跟你說話的時候要看著我們。」阿蘇說。他無疑因為哈利的話而惱羞成怒，抓起康納的肩膀將他繞得團團轉。

「別碰他。」哈利的語調平靜而低沉，這不妙的感覺立即讓阿蘇倒退三步。「歐邁利和我之間有個共識。」哈利說。「我才是唯一能碰他的人，是不是？」

康納過了一會兒才緩緩點了點頭。那似乎就是共識了。

哈利臉上毫無表情，他與康納四目相交，並一步一步地走向他。康納毫不畏懼，他們就站在那目光相對，而阿東與阿蘇則緊

張地看著彼此。

　　哈利微微轉頭，似乎在思考一個困擾他的問題，康納還是一動也不動。同年級的同學都已經回到教室了，他可以感覺到有一股靜默在他們之間盪開，連阿東與阿蘇也陷入這樣的沉默。他們很快就得走了，他們其實現在就該走了。

　　但沒有人移動腳步。

　　哈利把拳頭舉起向後拉，似乎就要往康納的臉上揮去。

　　康納還是不怕，他甚至動也不動，只是瞪著哈利的雙眼，等著那一拳擊落。

　　但這並沒有發生。

　　哈利緩緩地將拳頭放下來，雙眼仍瞪著康納。「沒錯，」他終於靜靜地開口，就像他總算把問題想清楚了，「如我所料。」

　　接著，又一次傳來死亡之聲。

　　「你們這些男生！」關老師說，她就像是長出雙腳的恐懼，從操場另一頭走過來。「三分鐘前就上課了！你們還在這邊做什麼？」

　　「很抱歉，老師。」哈利說，他的語氣突然間輕鬆了起來。「我們在跟康納討論馬老師出的書寫生命功課，談到忘記了時間。」他伸手拍拍康納的肩膀，一副友誼深厚的樣子。「這裡沒人了解康納的故事，」他向關老師認真地點點頭，「跟他聊一聊可以讓他好過些。」

「好吧，」關老師皺起眉頭，「這聽起來似乎很合理。大家都先記一次警告，要是今天再有任何狀況，你們全都得留校察看。」

「是的，老師。」哈利聲音清亮地回應，阿東與阿蘇也一起咕噥著。他們慢慢走回教室，康納與他們相隔一公尺左右跟在後面。

「請等一下，康納。」關老師說。

他停下來轉向她，卻沒看她的臉。

「你確定你跟那些同學之間都還好嗎？」關老師把聲音調成「親切」模式，但這只比她放聲咆哮稍微好一點點而已。

「是的，老師。」康納說，還是沒看她。

「你知道，我對哈利耍的花樣並非視而不見，」她說，「一個有魅力和好成績的惡霸依舊是個惡霸。」她惱怒地嘆了口氣。「或許將來他會變成首相，那我們只能自求多福了。」

康納沒說話。關老師低頭湊近康納，他們之間的那股沉默有種熟悉的特質。

他知道接下來會發生什麼事。他知道，並對此深感痛恨。

「我無法想像你是怎麼熬過來的，康納。」關老師的聲音低得像是耳語，「不過如果你想談一談，我的大門隨時為你敞開。」

他無法看著她，無法接納人家的關懷，更無法忍受她聲音中帶著的那份憐憫。

（因為他根本不值得人家這樣。）

（惡夢在他腦中閃過，那尖叫聲、那份恐懼，以及最後發生

的——）

　　「我很好，老師。」他盯著鞋子咕噥著。「我沒有需要熬過什麼。」

　　過了一秒鐘，他聽到關老師又嘆了口氣。「既然這樣，」她說，「不要管什麼第一支警告了，趕快進教室吧！」她再次拍拍他的肩膀，然後走回操場進到教室裡。

　　有那麼一會兒，康納覺得自己被完全孤立。

　　他那時就知道，即使他一整天待在那兒，也不會有人懲罰他。

　　不知為何，這讓他覺得很糟。

談一談

放學回家時，外婆已經坐在沙發上等著他了。

「我們要談一談。」他還沒關上門，她就冒出這句話，臉上的表情嚇得他停下手邊的動作，也害他的胃抽痛了一下。

「發生什麼事了？」他問道。

外婆一副強打起精神的樣子，長長地吸了一口氣，然後瞪著陽臺窗戶看。她看起來像隻獵鳥，一隻可以把羊抓起來的巨鷹。

「你媽媽必須回醫院，」她說，「你要來跟我住上幾天。去收拾一下行李吧。」

康納一動也不動。「她怎麼了嗎？」

外婆的眼睛睜大了一下，似乎不敢相信他竟然問了一個無比愚蠢的問題。接著她臉上表情和緩了些，「她太痛了，」她說，「原本不該這麼痛的。」

「她有可以止痛的藥——」康納才剛開口，外婆就合掌一拍，這一拍又大又響，足以截斷他的話。

「那沒有用，康納。」她直截了當地說，她像是從他的頭望出去，而不是在看他。「那沒有用。」

「什麼沒有用？」

外婆輕輕合掌拍了幾下，像在測試之類的，接著又往窗外看，嘴唇始終緊緊閉著。接著她總算站起來，專心平整她的洋裝。

「你媽在樓上，」她說，「她想跟你說話。」

「可是——」

「你爸爸星期天會飛過來。」

他直起身子。「爸爸要來？」

「我要去打一些電話。」她經過他身邊走到大門外，然後拿出手機。

「我爸為什麼要來？」他追在她身後問著。

「你媽在等你。」她邊說邊把門從身後關上。

康納直到現在都還沒有機會把書包放下。

爸爸要來。爸爸，從美國過來。前年聖誕節過後他就再也沒來過，他的新太太總在最後一刻發生緊急要事，讓他不能常來看他們，現在小寶寶出生了更是如此。爸爸越來越少探望他們，連電話也有一通沒一通的，康納其實已漸漸習慣他不在身邊。

爸爸要來。

為什麼？

「康納？」他聽到媽媽喊著。

她不在她的房間。她在他的房間，躺在羽絨被裡凝視著窗外

85

山丘上的教堂墓地。

還有紫杉樹。

這時它就只是一棵紫杉樹。

「嘿，親愛的。」她躺在那微笑地看著他，但從她眼睛四周的線條看得出她真的很痛。他以前看過她這麼痛過，那時候她也是非得住進醫院不可，還待了將近兩個禮拜。那是去年復活節時候的事，那幾個禮拜待在外婆家，讓他跟外婆都痛苦得要死。

「怎麼了？」他問道。「為什麼要回醫院？」

她拍拍身邊的羽絨被，要他過來坐在旁邊。

他站在原地。「出了什麼事？」

她依舊微笑著，只是表情更僵硬了。她的手指撫觸著被子上繡的花紋，那是好幾年前就不再適合康納年紀的灰熊圖案。她把紅玫瑰絲巾繫在頭上，但綁得不是很緊，他仍可以看到絲巾下蒼白的頭皮，他根本就不覺得她有裝作要試戴外婆的任何一款舊假髮。

「我會沒事的，」她說，「真的。」

「你真的會沒事嗎？」他問道。

「我們以前也曾這樣啊，康納。」她說。「所以別擔心。我以前也是不舒服住進醫院，然後他們會把問題處理好，這次也一樣。」她再次拍拍羽絨被。「你不過來坐在你疲倦的老媽旁邊嗎？」

康納吞了吞口水，但她的微笑更燦爛了，而且──他分辨得

出來──這次是真的笑。他走過去坐在她身邊，面對著窗戶。她用手將他的頭髮從眼睛旁撥開，而他看著她纖細的手臂瘦到幾乎只剩下皮包骨。

「爸為什麼要來？」他問。

媽媽停頓了一會兒，然後把手放回膝蓋上。「你已經好久沒看到他了。你不興奮嗎？」

「外婆似乎不怎麼開心。」

媽媽哼了一聲。「這個嘛，你也知道她對你爸超不爽的。別管她，好好享受跟他相處的時光吧。」

他們靜默地坐了一會兒。「還有別的原因，」康納終於開口說了，「對吧？」

他感覺到媽媽從枕頭上坐直了一些。「看著我，兒子。」她輕柔地說著。

他轉過頭去看著她，他寧可付一百萬也不想面對接下來的話。

「上次的療程不如預期，」她說，「這表示他們要做些調整，試試別的東西。」

「就這樣？」康納問。

她點點頭。「就這樣。他們還有很多可以做的。這很正常，別擔心。」

「你確定？」

「我確定。」

「其實，」康納突然停頓了一秒，看向地板，「其實你可以

跟我說的，你知道。」

　　然後他感覺到她的手臂環繞著他，她那細細的手臂，以前抱他時是多麼柔軟。她不發一語，只是抱著他。他轉過去看窗外，過了一會兒，媽媽也轉頭過去。

　　「那是棵紫杉樹，你知道的。」她最後開口說。

　　康納轉轉眼珠子，但不是故意搞怪的表情。「是的，媽，你跟我說過一百遍了。」

　　「我不在時，幫我看著它，好嗎？」她說。「要保證我回來的時候它還在喔？」

　　康納知道這是她用來表示她會回來的方法，所以他點點頭，兩個人一同看著那棵樹。

　　無論他們看多久，那棵樹還是樹的樣子。

外婆家

五天了。怪物已經五天沒出現了。

也許它不知道外婆住哪，或是太遠了它來不了。她的庭院不大，但她的房子比康納他們家還要大很多。她的後院擠滿小棚子、石造池塘，以及佔了後半個院子的木鑲板「辦公室」，她大都在那兒從事房地產工作，這工作無聊到康納連外婆的一句介紹都聽不進去。其他就是一些磚造小徑與花盆，根本沒地方種樹，甚至連根草都沒有。

「別站在那張嘴發呆，年輕人。」外婆一邊說，一邊倚著後門把耳環穿進耳洞裡。「你爸很快就會到了，而我要去看你媽。」

「我才沒有張嘴發呆。」康納說。

「你在瞎扯什麼呀？快進來。」

她消失進房子裡，他則拖著身子慢慢跟在後面。今天是星期天，爸爸就要從機場過來了。他會來這裡接康納，他們會一起去看媽媽，然後享受一段「父子」時光。康納幾乎可以確定這又是另一輪的「談一談」。

爸爸到的時候外婆不在，這對大家都好。

「拜託去前廊拿你的背包。」她說，在走過他身邊時拿起手

提包。「我可不想讓他以為我把你養在豬圈裡。」

「不可能啦！」她到了玄關又照照鏡子，檢查口紅是否有塗好時，他低聲抱怨著。

外婆家比媽媽的病房還要乾淨。她的清潔女工瑪莎每週三都會過來清理，但康納覺得實在是沒那個必要。外婆每天起床第一件事就是吸地板，一個禮拜洗四次衣服，有一次甚至在半夜刷完馬桶才上床睡覺。她不讓碗盤在進到洗碗機之前碰到水槽，有一回康納還在吃東西時，她就把盤子端走了。

「女人哪，到了我這把年紀，還一個人住，」她每天至少說一遍，「如果不自己打理，還有誰會幫你？」

她說話的樣子像是在考驗康納一樣。

她會開車送他上學，即使車程大約要四十五分鐘，他還是每天都早早到校。放學時，她也會在學校外面等他，然後兩個人直奔醫院去看媽媽。他們會待上一個鐘頭左右，如果媽媽累到不能說話就縮短時間——最近五天就發生了兩次——然後一起回外婆家。她會要他做功課，然後她就點些他們還沒吃過的外送當作晚餐。

這就像是某一年夏天，康納跟媽媽在康沃爾的附早餐旅館度過的時光。不過現在環境更乾淨，外婆也更兇就是了。

「好了，康納。」她說，邊將套裝夾克穿上。今天是星期天，她沒有要去展示房子，所以他不懂為什麼她要打扮成這樣去醫院，他懷疑這可能是要讓他爸感到尷尬。

「你爸或許不會注意到你媽有多累，知道嗎？」她說。「所以我們要一起確保他不會在病房裡待太久。」她又對著鏡子檢查一次儀容，然後壓低聲音。「不過應該不會有這樣的問題。」

她轉過身，手指像海星般向他波動著，然後說：「要乖喔。」

門在她身後鏘鋃關起，將康納獨自留在屋子裡。

他上樓走進他睡覺的客房。外婆一直說那是他的房間，但他還是管它叫客房，這總是惹得外婆搖頭碎念。

不然她以為呢？那看起來又不像他的房間，也不像任何人的房間，更別說是一個男孩子的了。牆壁一片死白，除了三種不同的帆船圖案，或許那是外婆唯一能想到男孩子會喜歡的東西了。床單和被套也都是亮到讓人睜不開眼的白色，而另一件家具則是大到可以在裡面吃飯的橡木櫥櫃。

那可以是宇宙中任何星球的任何房子裡的任何房間。他壓根就不喜歡待在裡面，就算是要躲開外婆也不會選擇在那，他進來是為了拿本書，因為外婆不准任何電動出現在她家裡。他從提袋裡抽出一本書，並準備離開房間，同時瞄了一眼開向後院的窗戶。

還是只有石徑、小棚子和辦公室。

沒有任何東西看著他。

外婆家的客廳是那種不會有人真的想過去坐的客廳，康納已被嚴禁入內，免得他把沙發襯墊弄髒，所以在等爸爸的時候，他當然要故意去那裡看書囉。

他猛然坐倒在沙發裡，沙發的彎曲木腳細得像是穿著高跟鞋。正對面是個有玻璃門板的櫥櫃，裡面都是些擺在展示架上的瓷盤或是充滿花飾的茶杯，讓人不禁懷疑用它們喝茶可能會割傷嘴唇。壁爐上掛著外婆最珍視的吊鐘，除了她，任何人都不准碰。那是從她的媽媽那傳承下來的，外婆嚷嚷過好幾次要拿去《古董巡展秀》估價。它有一個典型的鐘擺在下面擺盪著，而且每十五分鐘會報時一次，聲音之大，在沒有心理準備下會把人嚇到跳起來。

整間屋子就像是展示舊時代生活方式的文物博物館，連電視也沒有。唯一一臺在廚房的電視，幾乎沒有打開過。

他讀著書。不然還能做什麼？

康納原本希望在爸爸出發之前可以跟他說幾句話，但是來往醫院、兩地時差，還有爸爸新太太適時的頭痛，讓他只好耐心等待爸爸的出現了。

他隨時都會出現。康納看著吊鐘，上面顯示十二點四十二分，再三分鐘它就要報時了。

空洞、沉靜的三分鐘。

他發現自己其實有點緊張，已經好久沒有見到爸爸本人了，這回可不是只在網路電話上看到他。他會不會看起來不一樣？康納會不會看起來不一樣？

接下來還有其他問題。他為什麼現在要來呢？媽媽看起來不是很好，在醫院的這五天，氣色更差了，但她對於新服用的藥還是抱持著希望。離聖誕節還有好幾個月，而康納的生日早就過了，那為什麼是現在呢？

他看著地板，中央鋪著一塊十分昂貴、非常舊式的橢圓形地毯。他伸手將其中一角掀開，看著底下充滿光澤的地板，其中一塊板子有一個樹節。他用手指撫觸那個樹節，但板子又舊又平滑，讓人分不清究竟上面有沒有樹節。

「你在那裡嗎？」康納輕聲說。

門鈴響起，他跳了起來，趕緊起身到客廳外面，覺得自己比原本想像的還要興奮。他打開門。

是爸爸，看起來完全不同又完全一樣。

「嘿，兒子。」爸爸說，他說話的腔調在美國改得怪腔怪調

的。

　　過去這一年，康納從沒有笑得像現在這樣開心。

夥　伴

「你還好嗎，夥伴？」爸爸在他們等服務生送披薩的時候這麼問他。

「夥伴？」康納問，眉毛挑起一臉狐疑。

「抱歉，」爸爸不好意思地笑著說，「在美國講的幾乎是完全不同的語言。」

「每次跟你說話，你的聲音聽起來越來越好笑。」

「是呀，這個嘛……」爸爸把玩著手中的酒杯。「看到你真好。」

康納喝了一口可樂。他們到醫院的時候，媽媽非常虛弱，他們只能等外婆扶著她從廁所出來，而她累到只能跟康納說：「嗨，親愛的。」和跟爸爸說：「哈囉，連恩。」然後就又睡去了。幾分鐘後，外婆將他們送出門，臉上的表情讓爸爸不敢跟她爭論。

「你媽媽是，嗯，」爸爸邊說邊把眼睛瞇起來，「她是個勇士，對不對？」

康納聳聳肩。

「那，你還好嗎，小康？」

「你已經問過我八百次了。」康納說。

「抱歉。」爸爸回道。

「我很好。」康納說。「媽在嘗試新的藥，這會讓她好一些。她看起來是很糟，但她以前也曾這樣過。為什麼每個人都一副──」

他停下來又喝了一口可樂。

「沒錯，兒子，」爸爸說，「你一點都沒錯。」他緩緩地在桌上轉著杯子。「不過，」他說，「你要為她堅強起來，小康。你一定要為她變得非常、非常堅強。」

「你說話好像是美國電視節目的主持人。」

爸爸靜靜地笑了。「你妹妹很好，都快學會走路了。」

「半個妹妹。」康納說。

「我等不及要讓你見她了，」爸爸說，「我們最近打算讓你過來住幾天，或許就在今年聖誕節的時候，你覺得呢？」

康納看著爸爸的眼睛。「媽怎麼辦？」

「我跟你外婆討論過了。她似乎覺得這個點子不算太糟，只要我們趕得及在新學期之前把你送回來。」

康納把手拂過桌子的一角。「所以我只是去作客囉？」

「你的意思是？」爸爸說，聲音聽起來很驚訝。「跟作客不一樣……」他聲音減弱，康納知道他已猜出他的弦外之音。「康納──」

康納突然間不想讓他把話說完。「有一棵樹一直來找我，」

他說得很快，並開始摳著可樂瓶上的標籤紙，「它晚上會到家裡跟我講故事。」

爸爸困惑地眨眨眼，「什麼？」

「我一開始以為是夢，」康納邊說邊用拇指指甲摳標籤，「但是我醒來後，就會看到樹葉，還有從地板長出來的小樹。我一直把這些藏起來不讓別人看到。」

「康納──」

「它還沒來過外婆家。我想或許是因為她住得太遠了──」

「你在──」

「不過就算這一切都是夢又如何？為什麼夢不能夠穿越城鎮？它不是應該像天地一樣久、像世界一樣大──」

「康納，別說了──」

「我不想跟外婆一起住，」康納的聲音突然變大，喉嚨幾乎要哽住。他的眼睛一直盯著可樂瓶上的標籤，拇指指甲把溼掉的紙片摳起來。「為什麼我不能去跟你住？為什麼我不行去美國？」

爸爸舔了一下嘴唇。「你是指等到──」

「外婆家是老太太的家。」康納說。

爸爸又輕輕笑了一下。「我一定會跟她說你叫她老太太。」

「在那邊什麼都不能碰、哪裡都不能坐，」康納說，「東西不能弄亂超過兩秒鐘，而且只有她的辦公室才有網路，可是我卻不准進去。」

「我保證我們可以跟她好好談談這些事。我保證一定有方法可以讓事情簡單些，讓你在那邊過得舒服點。」

「我不想住在那邊！」康納的聲音拔高。「我想要在自己的房子有自己的房間。」

「你在美國也不會有這些呀，」爸爸說，「我們三個都沒什麼空間了，小康。你外婆比我們還有錢，也更有地方住。還有，你在這裡上學，你的朋友也在這裡，你的人生都在這裡。把你帶離這一切，太不公平了。」

「對誰不公平？」康納問。

爸爸嘆口氣。「這就是我所說的，」他說，「這就是為什麼我之前跟你說你要很堅強。」

「大家都這麼說，」康納說，「一副這代表著什麼似的。」

「我很抱歉，」爸爸說，「我知道這樣很不公平，我也希望事情能有所不同——」

「你真的這樣想嗎？」

「我當然這樣想。」爸爸傾身越過桌面。「但留在這裡是最好的，你以後就會知道了。」

康納吞了吞口水，還是不看他的眼睛，然後又吞了一次。「等媽好一點，我們再好好談這件事好嗎？」

爸爸慢慢坐回椅子上。「當然可以呀，老弟。就這麼辦吧！」

康納又看了他一眼。「老弟？」

爸爸笑了。「抱歉。」他拿起酒杯，一口把酒乾了。他放下杯子倒抽一口氣，然後用滑稽的表情看著康納，「你剛剛說有一棵什麼樹來著？」

但是服務生來了，她將披薩放在他們面前時，對話又安靜了下來。「美式披薩，」康納皺眉看向他的披薩，「如果它能說話，我真想知道它會不會跟你有一樣的腔調。」

美國人沒有多少假

「看來你外婆還沒回來耶。」爸爸邊說邊將租來的車停在她房子前面。

「她有時在我睡覺之後又回到醫院去。」康納說。「護士會讓她睡在椅子上。」

爸爸點點頭。「她或許不喜歡我，」他說，「但這並不表示她是個壞女人。」

康納從車窗盯著房子看。「你會在這裡待多久？」他問道。他之前都不敢提這個問題。

爸爸吁了一口氣，那種樣子暗示著接下來的消息並不會太好。「恐怕就只有幾天而已。」

康納轉向他。「就這樣？」

「美國人沒有多少假。」

「你又不是美國人。」

「可是我現在住在那裡。」他笑著說。「你不是整個晚上一直在嘲笑我的腔調。」

「那你幹嘛來？」康納問，話終於還是挑明了。

爸爸過了一會兒才說話。「我來是因為你媽要求我來。」他

看起來似乎想再說些什麼，但卻住了口。

康納也沒再說話。

「但我會再回來的，」爸爸說，「你知道，如果有必要的話。」他的聲音雀躍了起來，「而且你在聖誕節時會來找我們，那一定超棒的！」

「在你們窄小的房子裡，也沒個房間可以給我。」康納說。

「康納——」

「何況我還要再回來這邊上學。」

「康——」

「你幹嘛來？」康納又問了一遍，他的聲音壓得很低。

爸爸沒回答，沉默在車子裡蔓延，他們感覺就像坐在峽谷的兩端。爸爸伸手想拍拍康納的肩膀，但康納躲開，然後打開車門打算下車。

「康納，等等。」

康納等了一下卻沒回頭。

「要不要我在她回來之前進去？」爸爸問。「進去陪你？」

「不用了。」康納說，隨即走出車子。

他進到裡面時，房子一片靜悄悄。要不然呢？

他自己一人孤身獨影。

他又跌坐在昂貴的沙發裡，聽著沙發發出的唧嘎聲，這聲音聽起來真順耳。他又站起來，倒下去，然後又站起來，跳到沙發

上。椅子的四隻木腳一陣哀嚎，在地板上刮了好幾吋，留下四道相同的刮痕。

他對自己笑了起來。感覺真爽。

他跳下來，對沙發踢了一腳，把它更向後推了一點。他幾乎沒注意到自己的呼吸變得沉重，他的頭燙得像是發燒似的。他抬起腳，又踢了沙發一腳。

然後他抬頭看到了吊鐘。

外婆珍愛的鐘就掛在壁爐上，鐘擺前後盪呀盪、盪呀盪，就像它只顧著過自己的生活，不管康納的死活。

他慢慢靠近它，兩個拳頭握得緊緊的。沒多久它就要噹噹噹敲九點的鐘聲了，康納站在那，等著分針轉到十二的位置，就在噹噹聲要開始響的時候，他抓住鐘擺，握住它保持在擺盪最高的位置。

在被打亂的噹聲發出第一個ㄅ音時，他聽到時鐘的機心發出抱怨的聲音。康納伸出另一隻手把分針跟秒針從十二的位置向前推，它們抗拒著，他就更用力推，這時傳來很大的喀嚓聲，那聽起來可不妙。分針跟秒針突然從某個扣住它們的東西上彈開，康納轉動它們，接著也抓起時針一同轉動，聽到更多埋怨般的半響噹聲以及木鐘盒內痛苦的喀嚓聲。

他感覺到汗一滴滴聚集在額頭上，他的胸膛散發著熱氣。

（幾乎就像在惡夢中，同樣有著失控世界裡的暈熱感，但這

一次由他作主，這一次他就是惡夢——）

　　秒針，也就是最細的那根，突然啪的一聲折斷並飛出鐘面，它一度彈到地毯上，然後消失在壁爐的灰燼中。

　　康納很快向後退，並放開鐘擺。鐘擺回到原本的中心點，卻不再搖動了，吊鐘也不再發出它原本會有的嗡嗡聲、滴答聲，剩下的指針都僵在原本的位置。

　　糟糕。

　　康納發現自己做的好事時，胃開始絞痛。

　　喔，糟了，他想。

　　喔，糟了。

　　他把它弄壞了。

　　這個鐘搞不好比媽媽破爛的車還要值錢。

　　外婆會氣得想殺他。搞不好，她真的會殺了他——

　　接著他注意到了。

　　時針跟分針停在一個特別的時間點上。

　　12：07。

　　談到破壞，怪物在他身後說，一切都太令人惋惜了。

　　康納咻地轉過身。不知怎地，怪物以某種方法進到外婆的客廳。它還是太大了，所以必須彎得非常、非常低，才有辦法塞進天花板下，它的枝葉纏繞地死緊死緊才變得小一些，不過還是填滿

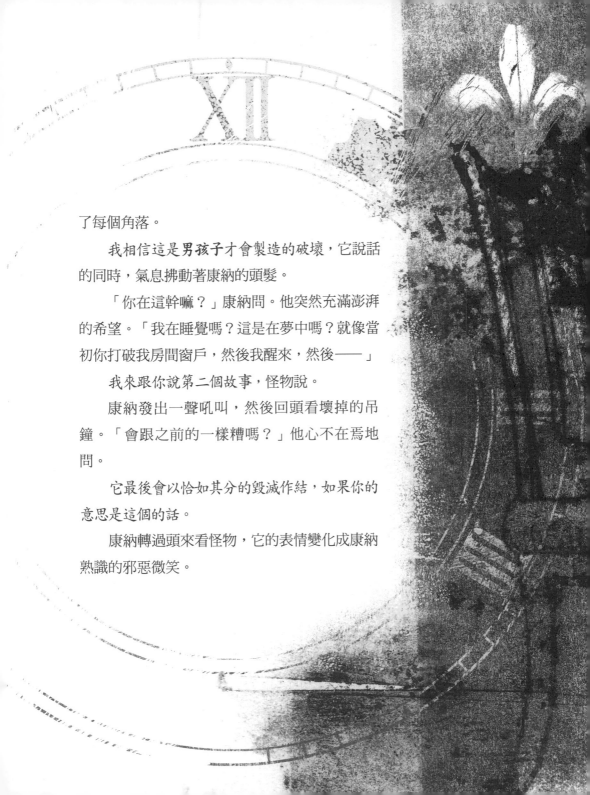

了每個角落。

　　我相信這是**男孩子**才會製造的破壞，它說話的同時，氣息拂動著康納的頭髮。

　　「你在這幹嘛？」康納問。他突然充滿澎湃的希望。「我在睡覺嗎？這是在夢中嗎？就像當初你打破我房間窗戶，然後我醒來，然後──」

　　我來跟你說第二個故事，怪物說。

　　康納發出一聲吼叫，然後回頭看壞掉的吊鐘。「會跟之前的一樣糟嗎？」他心不在焉地問。

　　它最後會以恰如其分的毀滅作結，如果你的意思是這個的話。

　　康納轉過頭來看怪物，它的表情變化成康納熟識的邪惡微笑。

　　「是騙人的故事嗎？」康納問。「是不是聽起來一個樣，結果卻偏偏是另一個樣？」

　　不是，怪物說，這故事是關於一個只想著自己的男人。怪物又微笑了起來，看起來更加邪惡。然後他受到非常非常慘的懲罰。

　　康納站在那裡調息了一秒，想著壞掉的鐘、地板上的刮痕、怪物不停掉落在外婆潔淨地板上的毒漿果。

　　他想到爸爸。

　　「我在聽。」康納說。

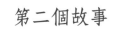

第二個故事

　　一百五十年前，怪物開始說了，這個國家變成了工業之地，工廠如野草般長滿這塊土地。樹倒下，地突起，河水黝黑一片。天空被廢煙與塵灰嗆個不停，人們也同樣如此，整天咳嗽發癢，眼睛總是看著地面。村落變成城鎮，城鎮變成都市，人們開始**凌駕於土地上，而非與之共存**。

　　當然還是有綠地，如果你知道要看向何處的話。

　　（怪物再次張開雙手，一團大霧瀰漫在外婆的客廳裡。霧散時，康納與怪物站在一片綠地上，俯瞰著滿是金屬與磚泥的山谷。）

　　（「所以我是在睡覺囉？」康納說。）

　　（安靜，怪物說，他來了。

康納看到一個苦瓜臉的男子，身穿厚重黑衣，眉頭深鎖，爬下山丘向他們走來。）

　　這一片綠地的邊陲住著一名男子。他的名字不重要，因為沒人以本名稱呼他，村民只叫他丹醫。

　　（「啥？」康納問。）

　　（丹醫，怪物說。）

　　（「啥？」）

　　即使在當時，丹醫也是一個古稱，現在則叫做藥師。

　　（「喔～」康納說，「怎麼不早說？」）

　　這稱謂可說是備受尊崇，因為丹醫通常是年高德劭者，他們會用古法製藥，或以藥草與樹皮配伍，或以漿果與樹葉調製煎煮。

　　（「爸的新太太就是做這個，」康納在他們看著這個男子挖草藥時說，「她的店在賣水晶。」）

　　（怪物皺起眉頭。那根本是風馬牛不相及。）

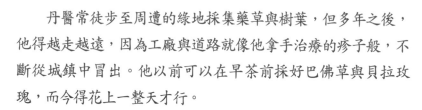

丹醫常徒步至周遭的綠地採集藥草與樹葉，但多年之後，他得越走越遠，因為工廠與道路就像他拿手治療的疹子般，不斷從城鎮中冒出。他以前可以在早茶前採好巴佛草與貝拉玫瑰，而今得花上一整天才行。

世界變了，丹醫也變苛刻了。應該說，他更加苛刻，因為他從前就不是多麼好相處的人。他貪得無厭，索求過高的醫藥費，常常要求病患支付負擔不起的金額。即使如此，他對自己竟然不受村民愛戴感到萬分驚訝，並覺得他們應該要對他更尊敬些。因為丹醫的態度不好，村民們相對也就同樣的不客氣，隨著時間過去，他的病患開始尋求更現代的治療師，為他們提供更先進的藥物，這讓丹醫變得更加尖酸刻薄。

（大霧再度瀰漫在他們身邊，然後場景變了，他們站在一個小山丘的草地上，一旁有一座牧師住所，一棵巨大的紫杉樹矗立在一些新墳中央。）

丹醫的村落也住著一位牧師——

（「這是我家後面的山丘耶！」康納打岔。他左看右看，但那時候還沒有鐵軌，也沒有成排的房子，只有一些小徑與令人作嘔的河床。）

牧師有兩個女兒，怪物繼續說道，她們是他生命的明燈。

（兩個年輕女孩尖叫著從牧師住所跑出來，她們又笑又鬧，想用抓了滿手的青草攻擊對方。她們繞著紫杉樹的樹

幹，邊跑邊躲避對方。）

（「那是你耶。」康納指著樹說，那棵樹在那時就只是棵樹。）

是的，沒錯，在牧師住所旁也有一棵紫杉樹。

（而且是棵很英挺的樹，怪物說。）

（「如果你自己這麼認為的話。」康納說。）

回到故事中，丹醫非常想要那棵紫杉樹。

（「真的嗎？」康納問。「為什麼？」）

（怪物很驚訝。紫杉樹是所有具療效的樹中最重要的，它說。紫杉樹活了上千年，它的漿果、樹皮、樹葉、樹汁、果肉、木質等都以生命顫動、燃燒與扭轉著。只要用正確的配方與方法，它幾乎可以治癒所有人類會有的疾病。）

（康納皺起前額。「你亂編的吧？」）

（怪物的臉突然暴怒。你膽敢質疑我，孩子？）

（「不是，」康納說，被怪物的怒意嚇得後退幾步，「我只是從未聽說過。」）

（怪物生氣地皺眉好一陣子，才接著說後面的故事。）

為了能從樹上取得這些東西，丹醫必須將樹砍倒。牧師不許這種事發生。那棵紫杉樹遠在教堂設立之前，就已在那塊土地上了，而今墓園已開始啟用，新的教堂建物也在籌備中，這棵紫杉樹可以保護教堂不受大雨，甚至更為惡劣的天氣影響。無論丹醫多常來請求——他真的很常來——牧師還是堅決不准丹醫靠近紫

杉樹一步。

好了，至於牧師，他是個親切又開明的人，他想讓自己的信徒獲得最好的，並想帶領他們走出中古世紀的迷信與巫術。牧師布道時，公開反對丹醫的傳統療法，丹醫的壞脾氣與貪婪讓這些話在有心人士的耳裡變得更加受用，丹醫的生意因此一落千丈。

有一天，牧師的女兒們生病了，一個接著一個，她們因蔓延全國的傳染病而病倒了。

（天色暗了下來，康納可以聽到女兒們在牧師住所裡的咳嗽聲，也可以聽到牧師大聲地禱告，與牧師太太的啜泣。）

牧師愛莫能助。禱告不行、附近兩個城鎮的現代醫師開的處方也不行、教區居民偷偷送上的草藥也不行，什麼都不行。女兒們日漸衰弱，眼看就快要不行了，最後沒有別的辦法，只能去找丹醫。牧師忍氣吞聲，跑去請求丹醫的原諒。

「求求你救救我的女兒好嗎？」牧師跪在丹醫家門請求著。「即使不想幫我，也幫幫我那兩個天真無邪的女兒吧！」

「為什麼？」丹醫問。「你在布道時把我的生意都趕跑了；你拒絕給我紫杉樹，那是我最好的治療配方；你還讓整個村子的人都討厭我。」

「你可以擁有那棵紫杉樹。」牧師說。「我會在布道時說你的好話；我會把教區的人都帶去你那邊看病。你要什麼都可以，只要你能治好我的女兒。」

丹醫很驚訝。「你要放棄你所信仰的一切？」

「如果可以救我女兒，」牧師說，「我什麼都可以放棄。」

「如果是那樣的話，」丹醫邊說，邊將牧師關在門外，「我們沒什麼好說的了。」

（「什麼？」康納說話了。）

就在那天晚上，牧師的兩個女兒都過世了。

（「什麼？」康納又打斷了，怪物忍住脾氣沒發作。）

那天晚上，我拔根而行。

（「太棒了！」康納叫道。「那個笨蛋傢伙活該受點懲罰。」）

（我也是這麼想，怪物說。）

就在午夜之後沒多久，我將牧師的房子連根拆了。

第二個故事待續

康納啾地轉身。「那個牧師？」

是的，怪物說。我將他的屋頂扔進森林的低谷，然後用拳頭打壞每一面牆。

牧師的房子仍在他們面前，康納看著房子旁邊的紫杉樹逐漸甦醒變成怪物，然後殘暴地攻擊牧師住所。在第一拳擊中屋頂時，前門突然打開，牧師和他太太害怕地逃走了。怪物把屋頂丟向他們，擊中了正在奔跑的兩人。

「你在幹嘛？」康納說。「那個丹什麼的人是壞人耶！」

他是嗎？他身後的真實怪物問道。

眼前的怪物敲碎牧師家的前牆，這時碎落聲四起。

「他當然是！」康納大吼著。「他拒絕救牧師的女兒，害得她們死了耶！」

牧師不願相信丹醫可以救人，怪物說。日子平順時，牧師差點毀了丹醫；一旦遇到危難，他卻願意拋下一切信念來救女兒。

「所以呢？」康納說。「任何人都是這樣啊！每個人都是啊！要不然你期望他怎麼做？」

我期望他在丹醫第一次詢問時，就將紫杉樹給他。

這讓康納閉上了嘴。就在牧師住所的另一面牆倒下時，又傳來更巨大的聲響。「你情願自己死掉？」

　　我並非僅此一身，怪物說，不過沒錯，我情願讓紫杉樹被砍倒。這可以救活牧師的女兒，也能救濟眾生。

　　「可是這樣會殺死那棵樹，還讓他變有錢！」康納大叫。「他很壞耶！」

　　他貪心、無理又刻薄，但他至少是個行醫之人。牧師呢，他可以做什麼？他**什麼都不是**。信念在所有治療中佔有一半的分量──相信服用的藥方、相信不久的未來。這個人靠信念維生，卻在遇到第一個挑戰時犧牲了自己的信念，特別是在他最需要信念的時候。他的信仰自私而畏怯，代價就是他兩個女兒的生命。

　　康納更火了。「你說這個故事沒有詭計。」

　　我說這是有關一個人因為自私而受懲罰的故事，而事實上的確如此。

　　康納氣炸了。他再次看向眼前摧毀牧師住所的怪物，巨大的怪腿一腳就把一排階梯給踢倒了，巨大的怪臂一揮就把牧師的臥房擊個粉碎。

　　告訴我，康納‧歐邁利，怪物在他身後問道，你想不想參一腳？

　　「參一腳？」康納很驚訝。

　　我敢保證，這會讓人痛快無比。

怪物向前一步，加入另一個自己，用巨大的腳踏破看起來很像外婆家的沙發。怪物回頭看康納，等著他。

　　接下來我該摧毀什麼呢？它邊問邊走過另一個怪物。在一陣駭人的模糊中，它們合二為一，變成更為巨大的怪物。

　　我等著你的指令呢，孩子，它說。

　　康納感覺到自己的呼吸變得沉重，他的心在狂跳，發燒般的暈熱感再度浮現。他等了一陣子。

　　然後他說：「踢翻壁爐。」

　　怪物的拳頭馬上揮向石造壁爐，將壁爐的底座打壞，磚砌的煙囪從上頭坍塌下來，引起一陣嘩啦聲。

　　康納的呼吸越來越沉重，好似他才是摧毀一切的人。

　　「把他們的床都扔得遠遠的。」他說。

　　怪物將床從兩個缺了屋頂的房間中舉起來，然後用力甩到半空中，那些床像是飄浮在地平面上，最後才摔到地面。

　　「摔壞他們的家具！」康納吼著。「摔壞一切！」

　　怪物在房子裡用力踩踏，將所有看得到的家具都化成令人滿意的碎屑。

　　「把全部都拆了！」康納嘶吼著，怪物也回吼一聲，然後將其他牆面擊倒在地。康納衝去幫忙，撿起一根掉

落的樹枝，敲破還
沒有碎裂的玻璃窗。

他邊做邊吼，吼到聽
不見自己的思考。他淹沒在
摧毀的狂熱中，只剩下無需思
索的敲擊、敲擊、敲擊。

怪物說得對，這令人非常痛快。

康納尖叫到沙啞為止，摔東西到手
痠才停，然後吼到他幾乎要累倒了。等他
終於歇下來，他發現怪物從殘骸之外靜靜地
看著他。康納喘著氣，撐著一根樹枝保持身體
平衡。

這樣，怪物說，才是真正的毀滅。

接著，他們突然回到外婆家中。
康納發現他幾乎將整個客廳給毀了。

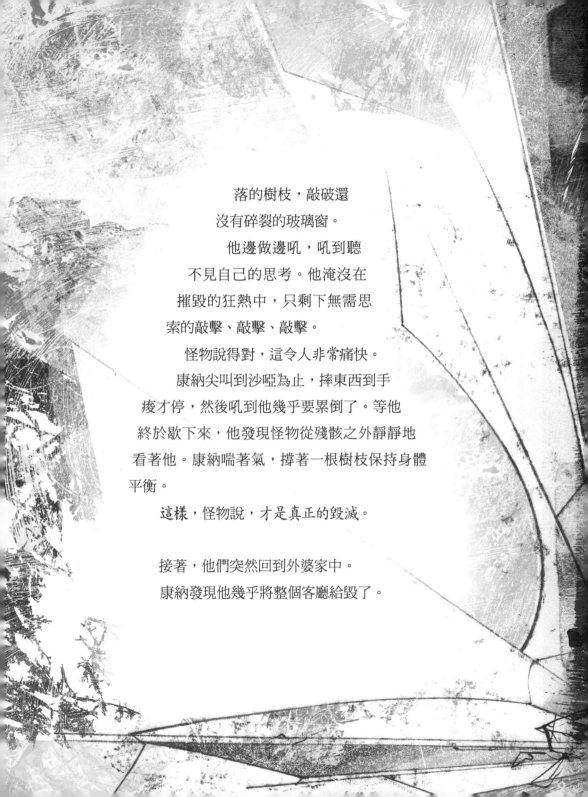

摧　毀

　　沙發變成數不清的碎片，每隻木腳都斷了，襯墊被撕成布條，地上遍布著一團團填充物，以及從牆上摔個稀巴爛的吊鐘殘骸。同樣稀巴爛的還有那些桌燈和沙發兩側的小茶几，以及前窗下的書架，裡頭每本書從頭到尾都被撕爛了，甚至連壁紙也被撕成髒兮兮的參差紙片。唯一還屹立的只剩下展示櫃，但它的玻璃櫥窗也都碎了，裡面的展示品全被扔到地上。

　　康納嚇呆了。他低頭看自己的雙手，上面都是刮痕與血跡。他的指甲不是斷了，就是裂了，還為剛剛做的事而發疼。

　　「喔，我的天呀。」他低聲說。

　　他回頭看怪物。

　　但怪物已經不在了。

　　「你做了什麼？」他對著突然過於安靜的空無吼著。他在滿是碎裂家具的地板上寸步難移。

　　這不可能全都是他自己搞的。

不可能。

（難道……？）

「喔，我的天。」他又說了一次。「喔，我的天。」

摧毀讓人痛快無比，他聽見像是微風拂過般若有似無的聲音。

然後也聽到外婆倒車入庫的聲音。

沒地方逃了，甚至沒時間從後門出去一走了之，到她永遠找不到的地方。

不過，他想，就算爸爸知道他做的好事，也不會帶他走。他們絕對不會讓一個會做這種事的男孩和小寶寶住在同一個屋簷下——

「喔，我的天呀。」康納又說了一次，心臟快要從胸口跳出來。

外婆將鑰匙插入鎖孔，將前門打開。

就在她從轉角走到客廳不到一秒的時間裡，她還在把玩著手提包，完全不知道康納在哪，或是發生了什麼事。他看到她無比的倦容，似乎沒帶來任何消息，顯示出那又是一個在醫院陪康納媽媽的普通夜晚，一個把她們兩人折磨到消瘦的夜晚。

然後她抬起頭。

「這究竟是——？」她說，然後在康納面前脫口說出「什麼鬼」之前停住。她僵住了，手提包還舉在半空中，只有眼睛在轉

動，不可置信地看著毀滅後的客廳，不忍卒睹那裡究竟發生了什麼事。康納甚至聽不到她的呼吸聲。

然後她看著他，嘴巴張開，眼睛瞪得大大的。她看著他站在殘骸的中央，雙手還因他的傑作而血跡斑斑。

她的嘴巴合起來了，但不是以往那種嚴峻的樣子。她的嘴唇顫抖，就像是在強忍淚水，就像快要沒辦法裝作一臉無事的表情。

然後她從胸腔深處發出了哀嚎，嘴巴仍然閉合著。

這聲音如此淒厲，康納差點忍不住要抬起雙手蓋住耳朵。

她一次又一次發出這樣的聲音。一次又一次，直到哀嚎變成一個單音，一個無止境又恐怖的單音呻吟。她的手提包掉到地上，她把雙手蓋在嘴巴上，以為這樣就可以止住從她口中流瀉出來淒厲卻有如嗚咽般的哀號。

「外婆？」康納說，他的聲音因恐懼而變得又高又尖。

然後她尖叫了起來。

她把手抬起來握成拳頭，張開嘴大聲尖叫。聲音之大，害得康納不得不真的把手蓋在耳朵上。她沒在看他，她什麼都沒在看，純粹就只是對著空氣大叫。

康納這輩子從沒這麼害怕過。就像站在世界盡頭，活生生清醒地在惡夢中，聽著尖叫聲，身後一片虛無——

接著她踏進客廳裡。

她就像是沒看到垃圾般，踢著它們向前走來。康納趕緊向後退想閃開她，沒想到被沙發的殘骸絆倒了。他一邊舉起一隻手保護自己，一邊等著隨時落在身上的拳頭——

但她不是衝著他而來。

她走過他身邊，扭曲的臉上布滿淚水，呻吟聲再度出現。她走向展示櫃，那個唯一矗立在客廳內的家具。

她抓住其中一邊——

用力向前拉一次——

兩次——

然後三次。

它就在地上碎成一片，以哐啷聲作結。

她發出最後一聲哀叫，身體向前彎並把手放在膝蓋上，她的呼吸變成短促的喘息。

她完全無視康納，就站起身離開了。她把手提包留在原本掉落的位置，直接走上樓回到她的房間，並靜靜地關上門。

康納站在那兒好一會兒，不知道自己究竟該不該離開。

一段好長的時間過後，他走到廚房拿出一些空的垃圾袋。他為了收拾殘局忙到好晚，但還是整理不完，直到天都亮了他才放棄。

他爬上階梯，絲毫沒想過要
洗掉身上的汙垢與乾掉的血跡。
當他走過外婆房間時，從底下的
門縫看到光，知道她還清醒著。

他聽到她在裡頭，哭泣著。

視而不見

康納站在操場上等著。

他之前有看到莉莉,她跟一群女孩子在一起,他知道她們不喜歡她,而她也不怎麼喜歡她們,但她還是在那,在她們唧唧喳喳走過時,靜靜地跟在她們旁邊。他發現自己試著要跟她對上眼,但她怎樣都不看他。

幾乎像是她再也看不到他了。

所以他就獨自等著,靠著一面石牆,離其他孩子遠遠的。他們尖叫、他們大笑、他們盯著手機瞧,一切都很正常,就像是整個宇宙都不會有什麼問題發生在他們身上。

然後他看見他們。哈利、阿蘇與阿東,他們從操場斜對角向他走來。哈利看著他,眼神全無笑意,充滿警戒,他的跟班們看起來則是既快樂又充滿期待。

他們來了。

康納感到一種放鬆的虛弱感。

那天早上他只睡到足夠做惡夢。好像事情還不夠糟似的，他的夢裡又出現恐懼、墜落，以及最後發生的那件可怕到不行的事。他尖叫著驚醒，然後面對好不到哪去的一天。

　　當他終於鼓起勇氣走下樓時，爸爸正在廚房裡做早餐。

　　到處都找不到外婆。

　　「炒蛋？」爸爸問，手上拿著正在煮蛋的煎鍋。

　　即使康納一點都不餓，他還是點點頭，然後坐在餐桌邊的椅子上。爸爸炒好蛋後，放在他剛剛塗好奶油的吐司上，然後分成兩盤，一盤給康納，一盤給自己，他們坐下來開始用餐。

　　沉默越來越凝重，康納快要不能呼吸了。

　　「你搞得真是一團亂。」爸爸總算說話了。

　　康納繼續用餐，並盡可能地小口吃著蛋。

　　「她早上打電話給我，非常非常早的時候。」

　　康納又吃了一小口。

　　「你媽的病情有變化，小康。」爸爸說。康納馬上抬頭看他。「你外婆現在去醫院跟醫生談事情，」爸爸繼續說道，「我會送你去學校——」

　　「學校？」康納說。「我要去看我媽！」

　　但爸爸立即搖頭。「那裡現在不適合讓小孩去，我會載你去學校，再去醫院，不過我之後會去接你，並且帶你去找她。」爸爸低頭看著盤子。「如果……如果需要的話，我會早點去接你。」

康納放下刀叉。他不想吃了，或許再也不要吃了。

　　「嘿，」爸爸說，「記得我說過你要堅強的事嗎？嗯，現在該是你這麼做的時候了，兒子。」他向客廳點點頭。「我知道這一定讓你很沮喪。」他露出一閃而逝的慘淡微笑。「你外婆也是。」

　　「我不是故意的，」康納說，他的心臟開始怦怦跳，「我不知道發生了什麼事。」

　　「沒關係。」爸爸說。

　　康納皺起眉頭。「沒關係？」

　　「不用擔心。」爸爸說，然後又繼續吃他的早餐。「不如意事，十之八九。」

　　「什麼意思？」

　　「意思是我們會假裝這一切都沒發生過。」爸爸堅定地說。「因為還有其他事情得優先處理。」

　　「其他事情是指我媽嗎？」

　　爸爸嘆口氣。「把早餐吃完吧。」

　　「你們不會處罰我？」

　　「處罰又能如何呢，小康？」爸爸邊說邊搖頭。「處罰又能怎樣嗎？」

　　康納在課堂上一個字也聽不進去，但老師們沒有因為他不專心而罵他，問問題時也會直接跳過他。馬老師甚至沒叫他繳交書寫生命的作業，即使那天是最後期限，而康納一個字都沒寫。

不過這似乎無關緊要。

他的同學也跟他保持距離，就像聞到他身上散發出惡臭一樣。他試著回想，一早到學校以後是否有跟任何人交談過。看來是沒有。這表示從早上跟爸爸講過話之後，就再也沒對任何人開口了。

怎麼會發生這種事呢？

不過，哈利總算來了。這至少讓人覺得正常多了。

「康納·歐邁利。」哈利說，並停在跟他只有一步之遙的地方。阿蘇和阿東在後面竊笑。

康納從牆邊立直身來，將兩手攔在兩側，準備抵擋隨時可能擊落的一拳。

但什麼也沒發生。

哈利只是站在那兒。阿蘇和阿東也站在那，不過他們的笑意漸收。

「你在等什麼？」康納問。

「是呀！」阿蘇問哈利說：「你在等什麼？」

「打他呀！」阿東說。

哈利一動也不動，眼睛直盯著康納。康納只能回瞪他，直到這個世界似乎只剩下他跟哈利。他的掌心冒汗，心跳加速。

做就對了，他這麼想著，然後意識到自己大聲喊道：「做就對了！」

「做什麼？」哈利冷靜地說。「你究竟要我做什麼，歐邁利？」

「他要你將他一拳打扁在地啦！」阿蘇說。

「他要你痛宰他。」阿東說。

「是這樣嗎？」哈利似乎由衷好奇地問道。「這真的是你想要的嗎？」

康納不發一語，站在那，握緊雙拳。

等著。

接著震耳欲聾的鐘聲響起，關老師走過操場並同時跟另一位老師說話，眼睛不斷掃視著她身邊的學生，特別是康納跟哈利。

「我猜我們永遠不會知道，」哈利說，「究竟歐邁利想要什麼。」

阿東和阿蘇笑了起來，即使他們很明顯根本沒搞懂這個笑點在哪裡。他們三個人開始往回走。

但哈利離開時仍看著康納，眼睛一直沒離開過他。

他離開後，康納還獨自站在那。

就像這個世界對他完全視而不見。

紫杉樹

「哈囉，親愛的。」媽媽說。她在看到康納進門時，將自己從床上推起來些。

他看得出她有多麼努力在做這件事。

「我就在外頭。」外婆說，然後從位子上起身，看都不看他一眼就走了過去。

「我要去販賣機買些東西，老弟，」爸爸在門邊說，「你想要點什麼嗎？」

「我要你別再叫我老弟。」康納說，但眼睛完全沒離開媽媽。

她笑了。

「我馬上回來。」爸爸說，然後留下他獨自跟媽媽在一起。

「過來。」她說，拍拍身邊的床。他走過去坐在她身旁，小心翼翼地不去動到插在媽媽臂上的管線，或是送空氣到她鼻子的管子，或是有時候會貼在她胸口的軟管，這段時期的療程會有幫浦將亮橘色的化學物質打入她身體裡。

「我的康納好不好呀？」媽媽問，將纖細的手舉起來撥撥他的頭髮。他看見她手臂上軟管插入的地方有黃色的汗跡，而紫色

的小瘀青則沿著手肘內側一路蔓延。

她仍微笑著。那微笑很疲倦、很耗體力，但仍是個微笑。

「我知道我看起來很嚇人。」她說。

「不，才沒有。」康納說。

她又用手撥撥他的頭髮。「我想我可以原諒一個好心的謊言。」

「你還好嗎？」康納問，雖然就某種程度而言，這個問題可笑至極，但她知道他的意思是什麼。

「這個嘛，親愛的，」她說，「他們試了好幾樣不同的東西，但結果都不如他們所預期。而他們只希望現在為我安排的療程盡量不要超前原本預計的進度，如果你聽得懂的話。」

康納搖搖頭。

「我也聽不懂，真的。」她說。她的笑容越來越僵，顯然有些撐不住。她深深吸一口氣，空氣吸進肺時有點卡住，像是被沉重的東西壓在胸口。

「事情進展得比我想像的還快一些，小甜心。」她用濃濁的聲音說道。那濃濁的程度讓康納的胃翻動得更厲害，他突然很慶幸自己早餐後就沒吃東西了。

「但是，」媽媽的聲音雖然渾濁，卻還是微笑了起來，「他們還有一種東西要試試看，一個效果不錯的藥物。」

「為什麼他們之前不用呢？」康納問。

「記得我所有的療程嗎？」媽媽說。「掉頭髮跟嘔吐？」

「當然。」

「是這樣的，當那些療程沒有發揮預期的作用時，就會試試這個藥，」她說道，「總是有一絲可能，但他們希望最好不需要用到它。」她垂下視線，「他們也不想這麼快用到它。」

「這表示太遲了嗎？」康納問，在他意識到自己說出什麼之前，這些字就已經被一個個釋放出來了。

「不會的，康納。」她很快回答他，「別這麼想。不會太遲的，永遠都不會太遲。」

「你確定？」

她再度微笑。「我相信我所說的每個字。」她說話的語氣稍稍強烈。

康納想起怪物說的：信念在治療中佔有一半的分量。

他仍覺得自己沒有在呼吸，但那股壓力從他的胃漸漸退去，消失。媽媽看他放鬆了點，就開始揉揉他的手臂。

「有件有趣的事，」媽媽說，她的聲音聽起來活潑了些，「記得我們家後面山丘上的那棵樹嗎？」

康納瞪大眼睛。

「好吧，如果你相信的話，」媽媽繼續說道，沒注意到康納的表情，「這個藥實際上是用紫杉樹做出來的。」

「紫杉樹？」康納聲音沉靜地問著。

「是呀，」媽媽說，「我以前讀過，就在療程開始的時候。」

她摀著嘴咳了一下，又咳了一下。「我是說，我希望事情可以不用走到這個地步，但一直以來從我們家就可以看到紫杉樹這個巧合，彷彿冥冥中自有注定般的不可思議，因為正是這種樹能用來治療我。」

康納的內心激起了漩渦，轉動之快差點讓他頭暈目眩。

「這個世界的綠色傢伙實在非常不可思議，不是嗎？」媽媽繼續說著。「我們努力想剷除它們，但有時候它們才是我們的萬靈丹。」

「它會救你嗎？」康納問，他差點沒辦法說出話來。

媽媽又笑了起來。「我希望會，」她說，「我相信會。」

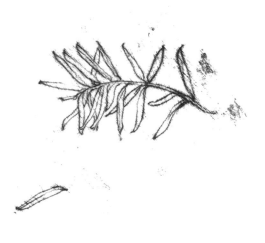

可能嗎？

康納走到醫院走廊，他的思緒不停飛馳。紫杉樹做的藥，可以治好病的藥，就像丹醫不願幫牧師製作的藥。老實說，康納還是不太懂怪物為什麼要擊倒牧師的房子。

除非。

除非怪物在這裡是有原因的。除非它徒步而來是為了治好媽媽。

他幾乎不敢這麼奢望，也幾乎不敢這麼想。

不。

不，當然不是。這不可能是真的，他不過是癡人說夢。怪物是一場夢，純粹如此而已，一場夢。

但那些葉片、那些漿果、那棵從地板上長出來的小樹苗、外婆客廳的大破壞。

康納頓時覺得輕飄飄的，像是突然間飄在空中般。

可能嗎？真的可能嗎？

他聽到聲音，然後往下看著走廊。爸爸和外婆在吵架。

他聽不出他們在吵什麼，不過外婆惡狠狠地用手指戳著爸爸

的胸。「要不然，你究竟要我怎麼做？」爸爸說，他的聲音大到讓經過走廊的人不得不注意。康納聽不見外婆的回應，只見她怒氣沖沖地從走廊往回走，要進媽媽病房時走過康納身邊，卻仍舊不瞧他一眼。

爸爸快步跟上，肩膀猛地垂了下來。

「怎麼了？」康納問。

「喔，你外婆對我發飆。」爸爸說完，很快又笑了笑。「沒事啦！」

「究竟為了什麼？」

爸爸扮了個鬼臉。「我有個壞消息，康納，」他說，「我今晚就要飛回去了。」

「今晚？」康納問。「為什麼？」

「寶寶生病了。」

「喔，」康納說，「生什麼病？」

「應該不嚴重啦，但是史黛芬妮有點抓狂，她帶寶寶去醫院並要我馬上回去。」

「所以你要走囉？」

「是啊，但我會再回來，」爸爸說，「在下下星期天，所以還不到兩個禮拜。他們多給了我幾天休假，讓我回來看你。」

「兩個禮拜。」康納幾乎是對自己說。「好吧，沒關係。媽在試新的藥，那會讓她好起來，所以等你回來的時候──」

他看見爸爸的臉時停住了。

「兒子，我們何不去走走？」爸爸問。

出了醫院之後有個小公園，裡頭有條林蔭小徑。康納和爸爸在小徑上向空的長椅走去，他們不斷遇到穿著醫院病袍的病患，不是和家人散步，就是出來偷抽根菸。這讓人覺得公園就像是戶外的醫院病房，或是鬼魂出來透氣的地方。

「這是要談一談，對嗎？」康納在他們坐下來時說。「大家最近總是想跟我談一談。」

「康納，」爸爸說，「你媽現在服用的藥──」

「會讓她好起來。」康納很堅定地說。

爸爸停頓了一會兒。「不，康納，」他說，「或許不會。」

「會的，它會的。」康納很堅持。

「這是垂死的掙扎呀，兒子。我很抱歉，但事情進展得太快了。」

「那會醫好她的。我知道會的。」

「康納，」爸爸說，「你外婆對我生氣的另一個原因，就是因為她覺得我和你媽都沒有好好對你坦白……關於真正發生的事。」

「外婆知道什麼？」

爸爸將一隻手放在康納的肩上。「康納，你媽──」

「她會沒事的。」康納說，把爸爸的手甩開，站了起來。「這個新藥的祕方是這一切發生的原因。我跟你講，我知道的。」

爸爸表情很困惑。「什麼的原因？」

「所以你回美國吧，」康納繼續說著，「回到你另一個家，我們沒有你也會過得很好。因為事情就是這樣。」

「康納，不是——」

「是，就是。事情就是這樣。」

「兒子，」爸爸說，傾身向前，「不是每個故事都有美好的結局。」

這讓康納停了下來。因為的確沒有，不是嗎？這確實是怪物教他的事。故事是狂野的、狂野的動物，你永遠不知道它們會走向何處。

爸爸搖搖頭。「這太為難你了。就是這樣，我知道一定是這樣。這太不公平也太殘忍，事情不該變成這樣。」

康納沒回答。

「我下一週的星期天就會回來，」爸爸說，「記住這點，好嗎？」

康納瞇眼看著太陽。這的確是個異常溫暖的十月，彷彿夏天死命要留下來一樣。

「你會留下來多久？」康納最後總算問了。

「能多久就多久。」

「然後你就會回去。」

「我必須回去。我有——」

「——另一個家。」康納幫他說完。

爸爸又試著要伸出一隻手，但康納已經回頭走向醫院了。

因為不是這樣的，藥會有效，它會，那是怪物步行而來的原因，所以它一定要有效。如果怪物是真實的，那麼這一定就是原因了。

　　康納走進醫院時看著上面的鐘。

　　再八個小時就是12：07。

故事之外

「你可以治好她嗎？」康納問。

紫杉樹是種極具療效的樹，怪物說，那是我最常選來步行的樹。

康納皺起眉頭。「那不算是答案。」

怪物只向他露出邪惡的微笑。

就在媽媽沒吃晚餐便睡著的時候，外婆載康納回到她家。外婆還是沒跟他談破壞客廳的事。她完全不跟他說話。

「我要回去了。」她只在他下車時說。「自己找東西吃，我知道你至少能做到這點。」

「你覺得爸已經到機場了嗎？」康納問。

外婆唯一的回覆就是不耐煩地嘆氣。他一關起門，她便驅車離去。進到屋裡後，廚房那個既便宜，還只靠電池發動，卻是他們目前僅有的時鐘，不知不覺地走到午夜時，外婆仍未回來，也沒有與他聯絡。他想打電話給她，但她以前曾因為手機鈴聲吵醒媽媽而對他咆哮。

沒關係。事實上，這樣簡單多了，他不用假裝上床睡

覺。他一直等到時鐘上寫著12：07，然後到外面喊著：「你在哪裡？」

怪物說，我在這裡，接著一抬腿，便輕鬆踏過外婆的辦公小屋。

「你可以治好她嗎？」康納用更堅定的語氣再問了一次。

怪物向下望著他。這並非我能決定的。

「為什麼不能？」康納問。「你能拆房子，又能救巫婆。你說只要人們懂得怎麼用，你身上每一部分都能救人。」

倘若你母親能被治癒，怪物說，那麼紫杉樹就能做到。

康納叉起雙臂。「那是會的意思囉？」

這時怪物做了一件前所未有的事。

它坐了下來。

它將全身的重量壓在外婆的辦公室上。康納聽見木板呻吟，也看到屋頂下凹。他的心臟在喉嚨裡跳個不停。如果她的辦公室也被毀了，天曉得她會對他做什麼，或許直接將他丟上船，運至監牢裡，或是更糟的，送他去寄宿學校。

你仍不知道為何呼喚我而來，是嗎？怪物這麼問。你仍不知道我為何徒步而來。這並非尋常之事，康納·歐邁利。

　「我又沒叫你，」康納說，「除非是做夢之類的。就算真的是我叫你來，那也一定是為了我媽。」

　是嗎？

　「當然，要不然呢？」康納的聲音上揚。「才不是為了聽些瞎掰的爛故事。」

　你難道忘了你外婆的客廳？

　康納差點不能壓下嘴角的上揚。

　如我所想的一樣，怪物說。

　「我是認真的。」康納說道。

　我也是。說第三個，也是最後一個故事的時候未到，但不用等很久。之後，你就要跟我說你自己的故事，康納・歐邁利。你要跟我說你的真實故事。怪物傾身向前。你知道我在說什麼。

　大霧突然間又籠罩著他們，外婆的花園也漸漸消失，世界變得灰澀空洞，而康納完全清楚他所在的位置，以及世界正在變幻成什麼模樣。

　他在那個惡夢中。

　它感覺起來就是這樣，看起來就是這

樣，世界的邊緣正在崩毀，康納握著她的雙手，感覺到它們漸漸從他手中脫開，感覺到她的墜落——

「不！」他大喊。「不！不是這個！」

大霧退散開來，他又回到外婆的花園，而怪物仍坐在她的辦公室屋頂上。

「那不是我的真實故事，」康納的聲音不時抖動，「那只是個惡夢。」

即使如此，怪物邊說邊站起身，這時外婆辦公室的屋頂橫梁如釋重負般地嘆了口氣。那也得等到第三個故事之後才會發生。

「還真棒呢，」康納說，「明明有更要緊的事，卻還要再來個故事。」

故事很重要，怪物說，它們比什麼都重要。只要它們帶著實情。

「書寫生命。」康納說，語氣中帶了些酸味。

怪物看起來很驚訝。的確，它說。它轉身準備離去，又回頭瞄了康納一眼。你很快就會再找我了。

「我想知道我媽會怎樣。」康納說。

怪物頓了一下。你不是早已知道？

「你說過你是療癒之樹，」康納說，「那麼，我要你去治療！」

悉聽尊便，怪物說。

接著它隨風而逝。

我不會再見到你

「我也想去醫院，」隔天早上康納跟外婆在車上時這麼說，「我今天不想去學校。」

外婆繼續開著車，她可能再也不願跟他說話了。

「她昨晚還好嗎？」他問著。怪物離開後，他又等了好一陣子，但還是在外婆回來之前睡著了。

「差不多。」她只簡短地回了一句，眼睛仍然盯著馬路。

「新的藥有效嗎？」

她過了好久都沒有回答，他以為她不打算開口，就在他準備追問的當下，她說了：「沒這麼快知道。」

康納等過了好幾條街才又再問：「她什麼時候會回家？」

在還要半個多鐘頭才到學校的路程中，外婆始終沒回答這個問題。

根本就不可能專心上課，但也無所謂啦，反正沒有一個老師或同學會問他問題。到了午休時間，他又度過一個沒跟任何人交談的上午。

他獨自坐在餐廳最偏遠的角落，完全不想動面前的食物。整

個餐廳難以置信的嘈雜，到處都是同學的喧鬧聲，還有尖叫、吶喊、爭吵與嬉笑。康納盡可能不去理會這一切。

怪物會治好她，它當然會，要不然它來幹嘛呢？它以療癒之樹徒步而來，這種樹也能做成藥治好媽媽，除了這個解釋，不然還有別的原因嗎？

拜託你。康納邊想邊瞪著他滿滿的餐盤。拜託你。

桌子對面有一雙手突然拍著餐盤的兩邊，將康納的柳橙汁翻倒在膝蓋上。

康納來不及站起來，他的褲子溼答答一片，直到大腿上。

「歐邁利尿褲子了！」阿蘇叫個不停，旁邊的阿東笑翻了。

「接著，」阿東邊說邊傾斜桌子，將水漬倒向康納，「這邊還有一些！」

哈利站在阿東與阿蘇之間，一如往常。他的雙手盤胸，眼睛直瞪著康納。

康納也瞪回去。

有好長一段時間兩個人一動也不動，這讓阿蘇跟阿東安靜了下來。他們在互瞪比賽持續進行時，開始感到有些不安，並猜想哈利接下來會做什麼。

康納也在臆測著。

「我想我已經搞懂你了，歐邁利。」哈利總算開口。「我想我知道你要的是什麼了。」

「你馬上就能得到喔。」阿蘇說，他和阿東邊大笑邊互擊拳頭。

康納的眼角瞄不到任何老師的蹤影，因此他知道哈利選了一個可以不被發現的時間點來騷擾他。

康納只能靠自己了。

哈利向前踏一步，並依舊保持冷靜。

「這可是最沉重的一擊，歐邁利，」哈利說，「這是我能對你做的最糟的事。」

他伸出手，似乎是想握手的樣子。

他真的是想握手。

康納幾乎是無意識地回應，在他反應過來之前，他已伸手握住哈利的手，他們就像兩名商人在會晤後握手。

「再見，歐邁利。」哈利說，並看著康納的眼睛。「我不會再見到你了。」

接著他放開康納的手，轉身，然後離開。阿東和阿蘇看起來更困惑了，但過了一秒，他們也走了。

他們都沒再回頭看康納。

餐廳的牆上有一面巨大的電子鐘，在約莫七〇年代時以最新科技產品之姿購入，即使這面鐘的年紀比康納的媽媽還大，但再也沒換過了。就在康納看著哈利走開，完全不回頭看他一眼，什麼都沒做時，哈利正好經過那面電子鐘。

午餐時間從11：55開始，12：25結束。

時鐘正好在12：06的位置。

哈利的話不斷在康納的腦中迴盪。

「我不會再見到你了。」

哈利繼續走，守著他的承諾。

「我不會再見到你了。」

時鐘正好轉到12：07。

該是第三個故事上場的時候了，怪物在他身後說著。

第三個故事

　　從前有個隱形人，即使康納的眼睛仍盯在哈利身上，怪物還是兀自說著。他開始對於別人看不見他感到不耐。

　　康納催迫自己往前走。

　　走向哈利。

　　他並非**真的**隱形，怪物邊說邊跟在康納身後。他們一走過，身邊的音量就降了下來。只是人們習慣不去看他。

　　「嘿。」康納叫道，哈利沒有回頭，阿蘇和阿東雖然在康納的腳步加速時竊笑，卻也沒有回頭。

　　如果沒人看得到你，怪物說，也加快了腳步，你真的存在嗎？

　　「**嘿！**」康納叫得更大聲。

　　就在康納和怪物在哈利身後越走越快時，餐廳也陷入一片死寂。

　　哈利還是沒回頭。

　　康納走到他旁邊，抓住他的肩膀，將他轉過來。哈利故作不知發生什麼事的樣子，瞪著阿蘇，裝作這一切都是阿蘇做的。「不要亂來。」哈利說完便又轉身。

　　轉身離開康納。

　　然後有一天，隱形人決定
了，怪物說話的聲音在康納耳邊響
著，我要讓他們看到我。

　　「怎麼做？」康納問，呼吸變得沉
重。他沒回頭看怪物站在哪，也沒看龐然
怪物出現在大家之間造成了什麼反應，但他
確實注意到一些緊張的竊語與瀰漫在空氣中
一股不尋常的期待。「那個人怎麼做？」

　　康納可以感覺到怪物湊到他身
後，也知道它跪了下來，把臉靠
近他的耳朵，低聲告訴他剩下的
故事。

　　他呼喚了，它說，**怪物**。

　　然後它舉起巨大的怪手，從康納身邊
伸出去，將哈利撞飛到另一邊。

　　哈利滾過去的時候，餐盤
哐啷作響，尖叫聲四起。阿
東和阿蘇看起來嚇呆了，先
看著哈利，然後又看回康
納。

　　他們看到他時臉色大變。

康納又踏出一步，走向他們，同時感覺到怪物在他身後聳立。

阿東和阿蘇轉身拔腿就跑。

「你在玩什麼把戲，歐邁利？」哈利從地板上坐起來時說著，手扶著剛剛跌倒時撞到的前額，手一拿開就有人開始尖叫，因為他們看到了血。

康納繼續前進，人們爭先恐後地遠離他。怪物隨他而至，

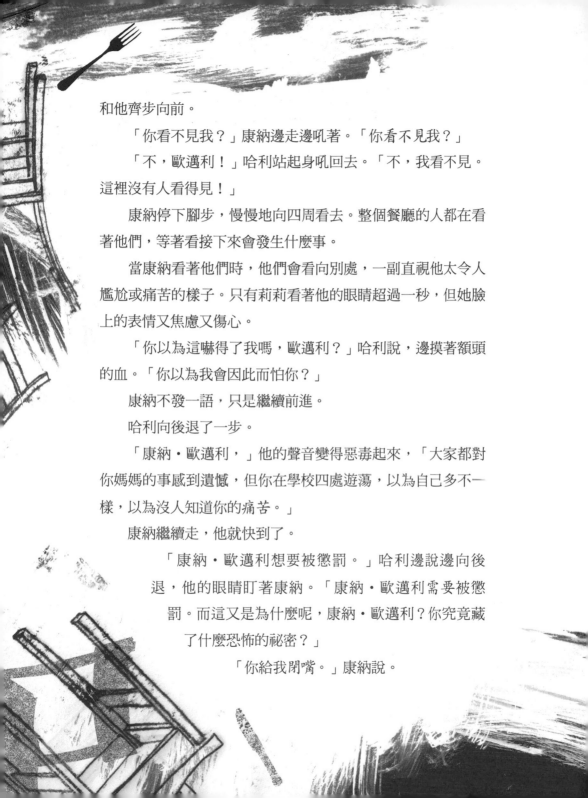

和他齊步向前。

「你看不見我？」康納邊走邊吼著。「你看不見我？」

「不，歐邁利！」哈利站起身吼回去。「不，我看不見。這裡沒有人看得見！」

康納停下腳步，慢慢地向四周看去。整個餐廳的人都在看著他們，等著看接下來會發生什麼事。

當康納看著他們時，他們會看向別處，一副直視他太令人尷尬或痛苦的樣子。只有莉莉看著他的眼睛超過一秒，但她臉上的表情又焦慮又傷心。

「你以為這嚇得了我嗎，歐邁利？」哈利說，邊摸著額頭的血。「你以為我會因此而怕你？」

康納不發一語，只是繼續前進。

哈利向後退了一步。

「康納‧歐邁利，」他的聲音變得惡毒起來，「大家都對你媽媽的事感到遺憾，但你在學校四處遊蕩，以為自己多不一樣，以為沒人知道你的痛苦。」

康納繼續走，他就快到了。

「康納‧歐邁利想要被懲罰。」哈利邊說邊向後退，他的眼睛盯著康納。「康納‧歐邁利需要被懲罰。而這又是為什麼呢，康納‧歐邁利？你究竟藏了什麼恐怖的祕密？」

「你給我閉嘴。」康納說。

他聽到怪物的聲音跟他同步。

哈利又向後退一步，直到他抵著窗戶。整個學校似乎都在屏息，等著看康納要做什麼。他聽到一兩位老師從外面喊著，他們總算發現有事情要發生了。

「不過你知道我看著你時看見了什麼嗎，歐邁利？」哈利說。

康納將手握成拳頭。

哈利向前傾，眼睛發亮。「我看不見任何東西。」他說。

康納頭也沒回地問了怪物一個問題。

「你怎麼幫那個隱形人？」

他又感覺到怪物的聲音，就像從他腦子裡發出的一般。

我讓他們看見，它說。

康納把拳頭縮得更緊。

接著怪物向前跳出去，讓哈利看見。

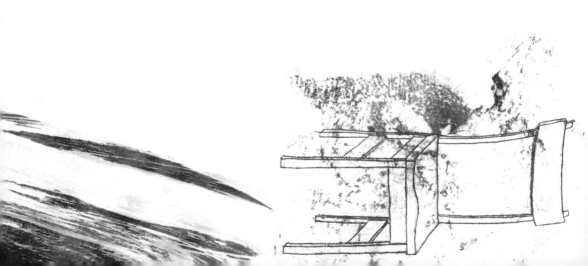

懲　罰

「我都不知道該說什麼了。」校長氣急敗壞地說，並搖搖她的頭。「我究竟該拿你怎麼辦，康納？」

康納一直盯著地毯，那顏色就像是濺出來的酒一般。關老師也在那，她坐在他身後，一副他可能試圖逃走的樣子。他感覺得到校長向前傾。她比關老師還老，卻不知怎麼的比關老師還要恐怖一倍。

「你把他搞到住院，康納。」她說。「你把他打到手臂骨折、鼻梁碎掉，我敢打賭他的牙齒再也不會看起來那樣漂亮了。他的父母威脅說要控告學校，還要對你提出訴訟。」

康納聽到這些就抬頭了。

「他們有點歇斯底里，康納。」關老師在他身後說。「我不怪他們。我已解釋了事情的經過，他其實經常對你霸凌，而且你的情況又很……特別。」

康納聽到這個詞抽搐了一下。

「其實是霸凌的事嚇了他們一大跳。」關老師說，語氣中帶著不屑。「很明顯，留下霸凌的記錄對申請理想的大學來說，可不是多好的事。」

「那不是重點！」校長說，她的聲音大到把康納跟關老師兩人都嚇得跳起來。「我實在想不透究竟發生了什麼事。」她看著桌上的一些紙張，是一些老師和學生的報告吧，康納猜想。「我根本不能想像一個男孩子怎麼可能會造成這麼大的傷害。」

康納從自己的手中感覺到怪物對哈利做了什麼。當怪物扭著哈利的襯衫，康納感覺到自己的掌心抵著衣料；當怪物猛然揮拳，康納感覺到自己的拳頭發麻；當怪物將哈利的手臂反折到背後，康納感覺到哈利在反抗。

反抗，但是沒有成功。

一個男孩怎麼可能贏過一個怪物呢？

他想起聽到的尖叫及奔跑聲，他想起其他孩子奔逃去找老師，他想起就在怪物跟他說他為隱形人做了什麼的故事時，他身邊的圈子也越來越大。

不再讓人視若無睹，怪物在他痛打著哈利時不停地說。不再讓人視若無睹。

然後到了一個程度，就在怪物揮下來的每一拳都太強、太多、也太快的時候，就在他開始求怪物停下來的時候，哈利不再試圖還手。

不再讓人視若無睹，怪物說，它總算放開哈利。它樹枝狀的巨大拳頭緊緊交握，發出雷擊般的霹靂聲。

它轉向康納。

但還有比讓人視若無睹更糟的事，它說。

　　然後它消失了，留下康納獨自站在瑟瑟縮縮、渾身是血的哈利面前。

　　餐廳的每個人都盯著康納，大家都看得見他，每隻眼睛都盯著他的方向。餐廳靜悄悄，在這麼多孩子的地方顯得過於靜謐，在老師打破沉靜之前，甚至有一刹那，你可以聽到風吹進敞開的窗，將一些細小的針葉吹落到地板上的聲音。他們之前在這裡嗎？是怪物把他們變不見的嗎？這真的只是一刹那而已嗎？

　　接著就有大人的手按在康納身上，將他拖走。

　　「你自己有什麼解釋？」校長問。

　　康納聳聳肩。

　　「這樣可不夠，」她說，「你把他傷得不輕。」

　　「不是我。」康納含糊地說著。

　　「那是誰？」她厲聲問道。

　　「不是我，」康納說得更清楚些，「是怪物做的。」

　　「怪物。」校長說。

　　「我根本沒碰哈利。」

　　校長把雙肘撐在桌上，雙手指尖交錯成三角狀，她瞄了一眼關老師。

　　「整個餐廳的人都看見你打哈利，康納，」關老師說，「他們看到你把他打倒在地，看見你把他推出桌子外，看見你抓他的

頭去敲地板。」關老師向前傾。「他們聽到你吼著什麼被看見，還有什麼視若無睹。」

康納把手慢慢縮起來，它們又在痠痛了，就像在破壞外婆家客廳之後那樣的感覺。

「我能理解你有多憤怒。」關老師說，她的聲音漸漸和緩下來。「我是說，我們還沒有辦法聯絡到你的家長或監護人。」

「我爸飛回美國了，」康納說，「外婆會把手機調成靜音，才不會吵到我媽。」他抓抓手背。「不過，外婆大概會回電吧。」

校長重重地坐回椅子上。「依照校規是要立即開除。」她說。

康納感覺到胃在下沉，整個身體就像被一噸重的東西壓著而垂了下來。

不過接著他意識到，身體下垂是因為重量被移開了。

這種意識襲向他，解脫亦是，那感覺之強烈，害他差點在校長室裡哭了出來。

他要被懲罰了。這總算成真了。一切都要恢復正常了，她會開除他。

要被懲罰了。

感謝上帝。感謝上帝——

「不過我又怎能這麼做呢？」校長說。

康納僵住。

「如果我這麼做，怎能自稱為老師呢？」她說。「知道你經

歷的這些事。」她皺起眉來。「知道哈利的事。」她輕輕搖頭。「總有一天我們會好好聊這件事，康納‧歐邁利。我們會的，相信我。」她開始整理桌上的紙張。「但不是今天。」她最後又看了他一眼。「你還有更重要的事需要去想想。」

康納過了好一陣子才知道結束了，就這樣，這就是他所得到的。

「你不處罰我嗎？」他說。

校長露出嚇人的微笑，但那近乎仁慈。接著她幾乎一字不漏地複述了爸爸之前說過的話。「處罰又能如何呢？」

關老師陪他走回教室。他們經過走廊時，有兩個學生緊貼著牆讓他過去。

他一開門，教室就安靜下來。包含老師在內，沒有人在他回位子上時說一個字。莉莉坐在旁邊，看起來似乎想說些什麼，但卻沒有。

接下來一整天都沒有半個人跟他說話。

還有比讓人視若無睹更糟的事，怪物說過了，而它是對的。

康納不再被忽視了，他們現在都看得到他。

然而，他從來沒有離人群這麼遙遠過。

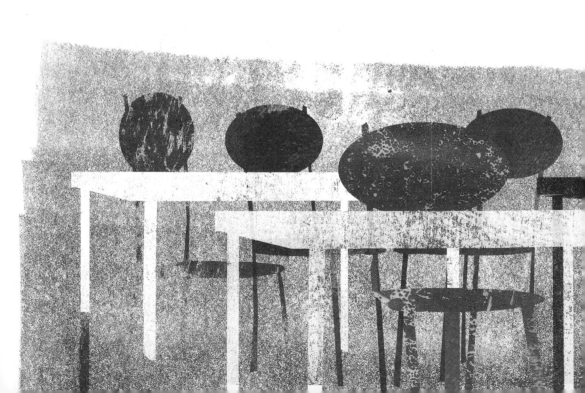

字　條

　　幾天過去了，然後又過了幾天，實在很難說清礎到底過了多少天，它們對康納來說都是一大片灰色的日子。他早上起床，外婆不和他說話，甚至連校長來電的事都不講；他去學校，也沒人跟他說話；他去醫院看媽媽，可是她累到不能說話；爸爸有打電話聯絡，但他又無話可說。

　　自從攻擊哈利以來，即使該輪到康納說故事的時候，怪物還是沒有任何出現的徵兆。每天晚上，康納等候著；每個夜晚，它都沒現身。也許是因為它知道康納不曉得要說什麼故事，或是康納其實知道，但會拒而不談。

　　最後康納都會睡著，然後惡夢就會出現。現在他一睡著它就出現，這狀況比以前更糟，他一個晚上會有三、四次從夢中大叫驚醒，有一次誇張到連外婆都來敲他的門，問他

是不是還好。

不過她沒進來就是了。

媽媽的新藥需要時間來發揮療效，到了週末他們會待在醫院裡。這段期間，她的肺部也受到感染，使得病情加劇，疼痛變得更加嚴重，因此她大部分的時間不是在睡覺，就是服用止痛藥而毫無意識。媽媽變成那樣的時候，外婆就會叫康納出去。他已經相當習慣在醫院裡閒晃，有一次他甚至正確無誤地將迷路的老太太帶到X光部。

莉莉和她媽媽週末也會來拜訪，但他會在她們來的時候待在禮品店看雜誌。

隔天，他還是會回到學校。雖然難以置信，但時間依舊為了世界的其他角落繼續運轉。

世界的其他角落是不等人的。

馬老師將書寫生命的功課發回來，反正是給每一個有生命的人。康納枯坐在位子上，手托著下巴，看著時鐘，還有兩個半小時才到12：07。並不是說那又如何，他開始覺得怪物再也不會回來了。

那麼，又多了一個不跟他說話的人。

「嘿。」他聽到有人在他附近低聲說，一定是在開他玩笑的。看看康納‧歐邁利，坐在那邊像個笨蛋一樣，真是個怪胎。

「嘿。」他又聽到了，這次語氣更堅定。

他這才意識到有人在對他低聲說話。

莉莉坐在靠走道邊，從他們上學以來她都坐那個位置。她一直看著馬老師，但她的手指卻悄悄地遞出一張字條。

給康納的字條。

「拿去。」她的嘴角低聲說，微微揮動字條。

康納瞧瞧馬老師是否在看，不過她正集中心力在表示她些微的不滿，因為阿蘇書寫生命的報告內容跟某個以昆蟲為主的超級英雄相似度極高。康納伸出手接過字條。

那張紙像是被摺了好幾百次，打開它就像在解開繩結一樣。他瞪了莉莉一眼表示不悅，但她仍假裝看著老師。

康納將字條放在桌上攤平。摺了這麼多摺，卻只有四句話。

四句話讓整個世界靜了下來。

我很抱歉跟大家說了你媽的事，這是第一句。

我懷念當你的朋友，第二句。

你還好嗎？第三句。

我看得到你，第四句，我字的下面被畫了大約一百條的線。

他讀了一次，又一次。

他回頭看莉莉，她正被馬老師萬般稱讚，但他知道，她現在臉紅得過頭不僅僅是因為馬老師的讚美。

馬老師往前走，輕輕經過康納。

她一離開，莉莉就看著他，盯著他瞧。

她說得對。她看得到他，真的看得到他。

他必須吞下口水才能說話。

「莉莉——」他才一開口，教室的門就被打開了。校長秘書走了進來，向馬老師點頭示意並低聲對她說了些話。

他們一起轉頭看著康納。

一百年

外婆站在媽媽的病房外。

「你要不要進來？」康納問。

她搖搖頭。「我會在等候室裡。」她說完就留下他自己進去。

他感覺胃酸酸的，不知進去會有什麼事。他們從沒有把他帶出學校過，沒有在課上到一半的時候，甚至去年復活節她送醫治療時也沒有這樣。

他腦中閃過很多疑問。

他故意忽略的疑問。

他推開門，害怕最糟的事就要發生了。

但媽媽還醒著，她的床調整成坐姿。而且，她正在微笑，接著有一秒鐘，康納的心跳加速，療程有效果了，紫杉樹治好了她，怪物做到了——

然後他發現那微笑跟她的眼神不搭。她很高興看到他，但她也很害怕、很難過。他從來沒看過她這麼疲倦，這似乎說明了什麼。

而且他們不會這麼費事地把他帶出學校，就只為了跟他說媽媽覺得好一些些了。

「嗨，兒子。」她一說完，眼睛就充滿了淚水，而他能聽出她聲音中的渾濁。

康納可以感覺到自己漸漸變得非常、非常生氣。

「來這邊。」她說，邊拍著旁邊的床單。

他沒坐過去，反而一股腦兒坐在她床邊的椅子上。

「還好嗎，親愛的？」她問道。她的聲音氣若游絲，呼吸比昨天還要喘。今天她似乎插了更多管子在身上，好提供藥物、空氣和天曉得什麼雜七雜八的東西。她沒圍絲巾的頭頂，在房間的日光燈下看來更光禿慘白，康納差點忍不住衝動想拿個東西蓋住它、保護它，免得讓人看到它有多麼無助。

「怎麼了？」他問。「外婆為什麼把我從學校帶出來？」

「我想看你。」她說。「依照嗎啡送我到渾沌世界的情況，我不知道之後有沒有機會了。」

康納將兩手在胸前緊緊交錯。「你傍晚有時候會醒來呀，」他說，「你可以今天晚上見我。」

他知道這是個問題，他知道她也明白。

所以他曉得當她再度開口時，她會給他一個答覆。

「我想要現在見你，康納。」她的聲音再次渾濁，眼睛也都是淚。

「這就是要『談一談』了，是不是？」康納說話的語氣比他想像中還要尖銳。「這就是……」

他沒把話說完。

「看著我，兒子。」她說，因為他開始瞪著地板了。他慢慢抬頭看她，她給他一個超級疲累的微笑，而他看到她深陷在枕頭裡，完全沒力氣抬頭的樣子，這才明白他們得把床立起來，不然她一定沒辦法看著他。

她深吸一口氣準備開口，卻讓她滿是痰音地咳了好一陣子。過了好一段時間，她總算可以再度開口。

「我今天早上跟醫生談過了，」她說話的聲音薄弱，「新的療程沒有效，康納。」

「用紫杉樹的那個？」

「是的。」

康納皺眉。「怎麼可能沒效？」

媽媽吞了吞口水。「事情發展得太快了，那只是一絲微弱的希望，加上現在又有感染──」

「怎麼可能沒有效？」康納又說了一次，就像是在問別人一樣。

「我知道，」媽媽說，她的慘淡笑容仍掛在臉上，「每天看著那棵紫杉，讓我覺得像是有個朋友會在事情走到最糟的時候拉我一把。」

康納仍舊雙手盤胸。「但它沒有。」

媽媽輕輕地搖頭，臉上表情很擔憂，康納知道她在擔心他。

「那現在怎麼辦？」康納問。「下一個療程是什麼？」

她沒回答，似乎答案就在不言中。

　　康納不顧一切地大聲說出來。「沒有別的療程了。」而這不再是問句。

　　「我很抱歉，兒子。」媽媽說，即使她撐住臉上的微笑，但淚水還是從眼眶偷偷滑了出來。「我這輩子從沒這麼難過。」

　　康納又看著地板，他覺得自己喘不過氣來，像是惡夢鉗制住他的呼吸。「你說過會有效的。」他哽塞著說。

　　「我知道。」

　　「你說過。你相信這會有效的。」

　　「我知道。」

　　「你騙人，」康納說，然後抬起頭看著她，「你一直都在騙人。」

　　「我真的相信這會有效，」她說，「這或許是我可以撐這麼久的緣故，康納。我是如此相信，你也才會這麼想。」

　　媽媽伸過去握他的手，但他把手移開。

　　「你騙人。」他又說了一次。

　　「我想，你內心裡一直都知道的，」媽媽說，「不是嗎？」

　　康納沒回她。

　　「你可以生氣沒關係，親愛的。」她說。「真的，真的沒關係。」她輕笑了一下。「老實說，我也很生氣。但我要你知道，康納，你有沒有聽我講話很重要，你有在聽嗎？」

　　她又伸出手。過了一秒，他讓她握住他的手，但她的手多麼

虛弱，多麼無力。

「你要怎麼生氣都可以，」她說，「別管別人跟你說什麼。不要聽外婆、爸爸，或任何人的話。如果你需要摔東西，那就管他的好好大摔一頓。」

他無法看著她，他就是沒辦法。

「然後，如果，有一天，」她終於哭出來了，「你回想起來，然後為了此刻的憤怒而感到難過，為了現在生氣到不想跟我說話而感到難過，你要知道，康納，你要知道沒關係。沒關係，我懂的。我懂，好嗎？你不用大聲說，我也知道你想要跟我說的每件事。好嗎？」

他還是無法看著她。他無法把頭抬起來，他的頭好沉重。他彎成兩半，像是被人從肚子斷成兩截。

但他點點頭。

他聽到她咻咻咻地喘出一大口氣，也聽到裡頭有種如釋重負又或筋疲力盡的感覺。「很抱歉，兒子，」她說，「我需要多一點止痛藥。」

他放開她的手。她伸手去按機器按鈕，機器送下來的止痛藥強到一旦打進身體裡，她就沒辦法保持清醒。她按完後，又再次握住他的手。

「我真希望有一百年，」她靜靜地說，「有一百年可以給你。」

他沒回答。幾秒鐘後，藥讓她陷入沉睡，不過已經沒差了。

他們已經談完了。

也沒什麼好說的了。

「康納？」外婆過了一陣子才把頭從門縫裡探進來，康納不知道過了多久了。

「我要回家。」他靜靜地說。

「康納──」

「我家。」他抬起頭，眼睛泛紅，其中帶著哀傷，帶著羞恥，帶著憤怒。「有紫杉樹的那個家。」

你有何用處？

「我要回醫院了，康納。」外婆把他送到家門口時說。「我不喜歡像這樣離開她。你到底需要什麼這麼急？」

「我有些事要做。」康納看著他住了一輩子的房子說。房子看起來空曠而陌生，但其實他才離開沒多久。

他意識到這或許再也不會是他的家了。

「我大概一個小時後來接你。」外婆說。「我們就在醫院吃晚餐。」

康納沒在聽。他已經把身後的車門關了起來。

「一個鐘頭。」外婆從閉上的門縫跟他說。「你今晚得待在那裡。」

康納繼續向前走去。

「康納？」外婆在後面呼喚著他，但他沒回頭。

他幾乎沒聽到她將車子駛出街道離去的聲音。

房子裡頭聞起來都是灰塵與腐敗的空氣。他連門都懶得關，直接走向廚房並向窗外看去。

教堂在山丘隆起處，而紫杉樹在一旁守護著它的墓園。

康納穿過後院，跳上媽媽以前在夏天喝英式琴酒的庭院桌，然後挺身翻過後籬笆。在他很小很小的時候曾經這麼做過，那已經是很久以前的事了，當時爸爸還因此懲罰他。鐵軌旁的鐵絲網縫隙還在，他鑽過去時勾破了襯衫，但他不在乎。

　　他穿過鐵軌，沒怎麼留心是否有火車經過。他翻過另一道籬笆，發現自己已立在通往教堂的山丘下，接著跳過環繞教堂的低矮石牆，爬過墓碑，並一直盯住巨樹。

　　而它一直都是棵樹。

　　康納開始跑了起來。

　　「醒來！」他在還沒到達之前就開始大喊。「**醒來！**」

　　他到達後，開始踢著樹幹。「我說，醒來！我才不管現在幾點！」

　　他再踢一次。

　　然後更用力。

　　接著再一次。

　　這時樹閃開來了，速度快到害康納撲了空摔了下去。

　　你這樣做只會傷到自己，怪物邊說邊籠罩在他頭上。

　　「沒有效！」康納大叫又跳腳。「你說紫杉樹會治好她，可是卻沒有！」

　　我是說如果她能被治癒，那麼紫杉樹就會有療效，怪物說。看來她沒辦法。

怒氣高漲到康納的胸前,他的心也在肋骨間噗通地跳。他攻擊怪物的腳,徒手拍打著樹皮,手掌幾乎立刻瘀青。「治好她!你一定要治好她!」

康納,怪物說。

「你若不能治好她還有什麼用?」康納邊問邊不停地敲打。「只有一些笨故事,還陷害我,結果每個人都以為我有毛病——」

他停下來,因為怪物的手往下探,把他挑到空中。

是你呼喚我的,康納・歐邁利,它面帶嚴肅地說。你才是能回答這些問題的人。

「如果我有叫你,」康納脹紅著臉說,他幾乎沒察覺到的淚水已在兩頰串流下來,「那也是為了救她!為了治好她!」

怪物的葉子發出了窸窣聲,就像是風攪動它們而發出的長長低嘆。

我並非為治癒她而來,怪物說,我是為了治癒你而來。

「我?」康納說,然後在怪物手裡停止扭動。「我不用被治療。我媽才是……」

但他說不出口。即使他們已經談過了,他仍然說不出口;即使他一直以來都知道,當然之前知道,當然現在也知道;即使他多麼想相信這不是真的,但他仍然說不出來。

說不出來她——

他哭得很慘,差點呼吸不過來。他覺得自己被撕裂,像是身

體被分成了兩半。

　　他回頭看怪物。「幫幫我。」他靜靜地說。

　　是時候了，怪物說，該講第四個故事了。

　　康納發出生氣的怒吼。「不！我不是指這個！還有更重要的事要先處理！」

　　是的，怪物說。是的，沒錯。

　　它展開另一隻手。

　　大霧又籠罩著他們。

　　再一次，他們身在惡夢之中。

第四個故事

即使在怪物巨大又強壯的手裡，康納仍能感覺到惡夢的恐懼竄進他身體，感覺到黑暗開始填塞並鉗住他的肺，而他的胃又開始下沉。

「不！」他吼道，身體又扭動了一陣，但怪物將他緊緊捉牢。「不要！拜託！」

山坡、教堂、墓園全都不見了，連太陽也消失無蹤，只剩下他們在一團淒冷的黑暗中，在媽媽第一次住院時，在她開始接受害人掉髮的治療之前，在她感冒一直好不了，然後看醫生才發現不是感冒之前，甚至在她開始抱怨她一直很累之前，在這一切之前，在永遠之前，那黑暗就一直跟著他。惡夢彷彿一直在那，堵住他，包圍他，將他隔離，放他一人。

就像他從來沒離開過惡夢似的。

「放我出去！」他吼著。「拜託！」

是時候了，怪物又說一次，該講第四個故事了。

「我不知道什麼故事！」他的胃因恐懼而傾晃。

你若不說，怪物道，我就得替你說。他將康納湊近自己的臉。我說到做到，你不會想要**那樣**。

「拜託，」康納又說了一次，「我必須回我媽那裡。」

可是，怪物轉向一片黑暗，她已經在這兒了。

怪物突然將他放下，幾乎是用摔的，康納向前滾了幾圈。

他認出手掌下的冷冽土地，認出他所在的空地，其中有三面被無法通過的黑暗森林所包圍，第四面則是一個更為漆黑的懸崖深淵。

而在懸崖邊的，是媽媽。

她背對著他，但她回頭對他微笑，她看起來就像在醫院時一樣虛弱，但她靜靜地向他揮手。

「媽！」康納大叫，覺得自己沉重到站不起來，就像每次惡夢一開始的時候。「你趕快離開這裡！」

媽媽一動也不動，即使她對他說的話有點擔心。

康納奮力地把自己拖向前。「媽，你快跑！」

「我沒事，親愛的。」她說。「沒什麼好擔心的。」

「媽，快跑！拜託，快跑！」

「可是親愛的，有──」

她停住話，轉頭看向懸崖，好像聽到了什麼似的。

「不。」康納對自己低聲說。他努力把自己向前推，但她實在太遠了，遠到來不及趕到她那裡，而他又覺得如此沉重──

懸崖下方發出低沉的聲音，一個轟隆隆作響的聲音。

像是有龐然大物在底下移動。

一個比什麼都還要大的東西。

而它正從崖底向上爬。

「康納？」媽媽回頭看著他問道。

但康納知道，太遲了。

真正的怪物來了。

「媽！」康納大喊，努力站起來，把壓在他身上那看不見的重量推開。「**媽！**」

「康納！」媽媽邊喊邊從懸崖退開。

底下傳來的轟隆聲越來越大聲，然後更大聲，再更大聲。

「**媽！**」

他知道他來不及趕到那邊了。

隨著一陣嘶吼，兩個巨大的拳頭從一團灼熱的漆黑中伸出崖面。當媽媽試著躲開時，它們在她頭上盤旋了好一陣子。

可是她太虛弱，太過虛弱了──

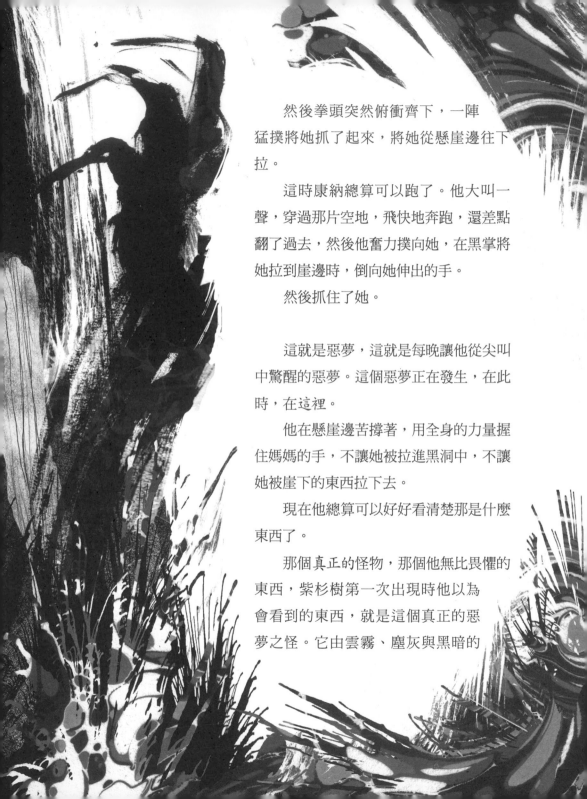

　　然後拳頭突然俯衝齊下，一陣
猛撲將她抓了起來，將她從懸崖邊往下
拉。

　　這時康納總算可以跑了。他大叫一
聲，穿過那片空地，飛快地奔跑，還差點
翻了過去，然後他奮力撲向她，在黑掌將
她拉到崖邊時，倒向她伸出的手。

　　然後抓住了她。

　　這就是惡夢，這就是每晚讓他從尖叫
中驚醒的惡夢。這個惡夢正在發生，在此
時，在這裡。

　　他在懸崖邊苦撐著，用全身的力量握
住媽媽的手，不讓她被拉進黑洞中，不讓
她被崖下的東西拉下去。

　　現在他總算可以好好看清楚那是什麼
東西了。

　　那個真正的怪物，那個他無比畏懼的
東西，紫杉樹第一次出現時他以為
會看到的東西，就是這個真正的惡
夢之怪。它由雲霧、塵灰與黑暗的

火焰所組成，但是有真實的肌肉、真實的力量、會回瞪康納的赤眼，以及會將媽媽生吞活剝的森白牙齒。我看過更糟的，康納在見到紫杉樹的第一晚說過。

這就是那更糟的傢伙。

「救我，康納！」媽媽喊道。「不要放手！」

「我不會。」康納回道。「我保證！」

惡夢之怪吼了一聲，又更用力拉，它的雙手緊抓著媽媽的身子。

然後她漸漸從康納的手中鬆開。

「不！」他叫道。

媽媽害怕地尖叫著。「拜託，康納！抓緊我！」

「我會的！」康納喊著。他回頭看站在那一動也不動的紫杉樹。「幫幫我！我快抓不住她了！」

但它只站在那兒看著。

「康納！」媽媽喊著。

她的手要掉出去了。

「康納！」她又喊了一次。

「媽！」他大叫著，手抓得更緊。

但她的手漸漸從他手上滑開，而她越來越重，惡夢之怪也拉得越來越用力。

「我快要掉下去了！」媽媽大喊。

「不！」他叫道。

他因為她的重量和怪物拉著她的力量而撲倒在地。

她再度尖叫。

又再一次。

而她是如此難以置信的沉重。

「拜託。」康納對自己低聲說。「拜託。」

這個，他聽到紫杉樹在身後說，就是第四個故事。

「閉嘴！」康納咆哮道。「快幫我！」

這就是康納·歐邁利的真實故事。

接著媽媽尖叫。

滑落。

要握住她好難。

現在不說就沒機會了，紫杉樹說。你必須說出實情。

「不！」康納說，他的聲音嘶啞。

你必須如此。

「不！」康納又說了一次，低頭看著媽媽的臉——

就在實情出乎意料地來到——

就在惡夢到了最完美的時刻——

「不！」康納又再度尖叫——

然後媽媽就跌了下去。

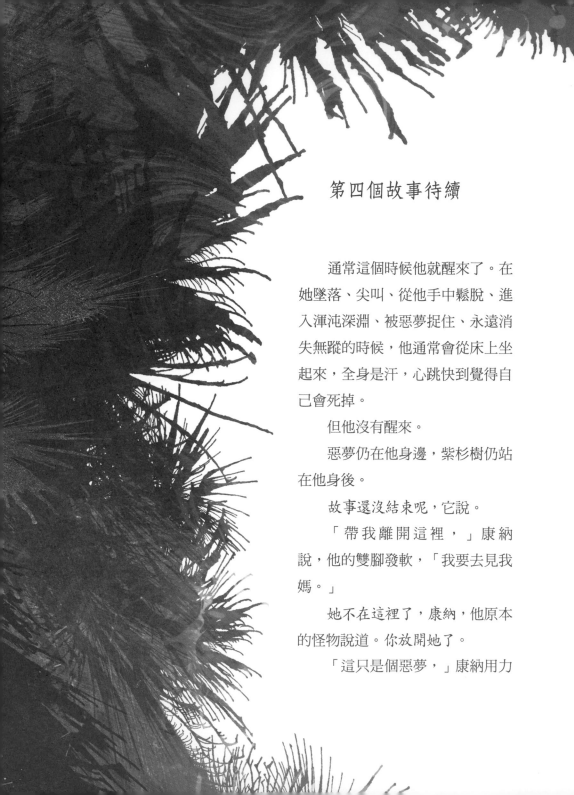

第四個故事待續

通常這個時候他就醒來了。在她墜落、尖叫、從他手中鬆脫、進入渾沌深淵、被惡夢捉住、永遠消失無蹤的時候,他通常會從床上坐起來,全身是汗,心跳快到覺得自己會死掉。

但他沒有醒來。

惡夢仍在他身邊,紫杉樹仍站在他身後。

故事還沒結束呢,它說。

「帶我離開這裡,」康納說,他的雙腳發軟,「我要去見我媽。」

她不在這裡了,康納,他原本的怪物說道。你放開她了。

「這只是個惡夢,」康納用力

喘著氣說，「這不是真的。」

這是真的，怪物說。很清楚，你放開她了。

「她自己掉下去的。」康納說。「我實在沒辦法抓緊她，她變得好重。」

所以你放開她了。

「她自己掉下去的！」康納的聲音拔高，他幾乎快被絕望淹沒了。帶走媽媽的那一片汙穢與塵灰又帶著裊裊的灰煙回到崖上，他不得不把灰煙吸了進去。灰煙像空氣一般進入他的嘴巴和鼻子，哽塞住他，他掙扎著奮力呼吸。

你放開她了，怪物說。

「我沒有放開她！」康納吼著，他的聲音嘶啞。「她自己掉下去的！」

你必須說出實情，不然你永遠都離不開這個惡夢，怪物向他逼近，聲音也比康納從前聽到的還要恐怖。你會一輩子獨自困在這裡。

「拜託讓我走！」康納喊著，試著回頭。他看到惡夢的捲鬚纏到他腿上時，不禁害怕地驚聲大叫。那些捲鬚將他絆倒在地，並開始纏上他的手臂。「救救我！」

說出實情！怪物說，它現在的聲音冷峻又駭人。說出實情，不然就一輩子待在這裡。

「什麼實情？」康納喊著，一邊奮力對抗那幾縷煙塵。「我不知道你在說什麼！」

怪物的臉突然從一片黑暗中冒出來，跟康納只相隔幾吋。

你絕對知道，它慢條斯理、語帶恐嚇地說。

接著一陣靜默。

因為，沒錯，康納知道。

他一直以來都知道。

那個實情。

那個真正的實情。惡夢裡的真實故事。

「不。」他靜靜地說，一團黑暗開始纏繞著他的脖子。「不，我沒辦法。」

你非做到不可。

「我沒辦法。」康納又說了一次。

你可以的，怪物說。它的聲音不一樣了，似乎帶著些什麼。

帶著些仁慈。

康納的眼睛布滿淚水，淚珠滾落他的臉頰，而他沒辦法阻止它們，甚至沒辦法擦拭它們，因為惡夢的捲鬚正纏繞著他，幾乎要把他給整個吞噬了。

「拜託不要逼我，」康納說，「拜託不要逼我說。」

你放開她了，怪物說。

康納搖搖頭。「拜託──」

你放開她了，怪物又說了一次。

康納緊緊閉上眼睛。

但接著他點了頭。

你原本可以撐久一點，怪物說道，但你讓她墜落。你放開手，讓惡夢帶走她。

康納再度點點頭，他的臉因為痛苦與哭泣而揪成一團。

你想讓她跌下去。

「沒有。」康納在沉重的啜泣聲中說著。

你想要她走。

「沒有！」

你一定要說出實情，一定要**現在**就說出來，康納‧歐邁利。說出來。你非說不可。

康納再次搖頭，他的嘴巴閉得緊緊的，但他可以感受到胸口在燃燒，就像有人在那裡點火，點燃一顆微型太陽，將他從體內猛烈地燃燒著。

「要我說不如殺了我。」他噤聲說。

不說才會殺了你，怪物說。你必須說出來。

「我沒辦法。」

是你放開她的。怎麼會沒辦法？

黑暗籠罩著康納的雙眼，拴住他的鼻子，也掩住他的嘴巴。他喘著想要呼吸，卻一口也吸不到。它正在悶住他，它正在殺了他──

為什麼，康納？怪物厲聲說。告訴我**為什麼**！不然就太遲了！

康納胸膛的火焰瞬間爆開，燒得像是要將他活生生嚥下去般。那就是實情，他知道那就是。一陣呻吟從他喉嚨發出，那呻吟轉成一陣吶喊，接著變成響亮的無字怒吼，他張開嘴巴，然後火焰冒了出來，就像是要將一切化為灰燼，並從一片黑暗中爆發出來，燒著紫杉樹，讓它跟世界的其他地方都熊熊燃燒著。就在康納於痛苦與悲憤中不斷吼叫時，火焰又蔓延了回來。

　　然後他說話了。

　　他說出了實情。

　　他說了第四個故事未完的部分。

　　「我再也受不了了！」他大叫著，火在他身邊燃燒著。「我受不了知道她終究會走！我只想要一切趕快結束！我想要結束！」

　　接著，火焰吞噬了世界，將一切拭去，也將他一同拭去。

　　他如釋重負地欣然接受，因為他應得的懲罰總算到來了。

逝後人生

康納張開雙眼，他正躺在他們家後頭山坡的草地上。

他還活著。

這比什麼都還要糟。

「它為什麼不殺了我？」他咕噥道，把臉埋在雙手裡。「我罪該萬死。」

是這樣嗎？怪物在他頭頂上問道。

「我一直以來都在想這件事。」康納費力地緩緩說道，並努力擠出那些話來。「我老早就知道她不會好了，幾乎是從一開始就知道了。她說她有好轉是因為那是我想聽的，而我也相信她，但其實並沒有。」

不，怪物說道。

康納嚥下口水，仍奮力地說著：「而且我開始希望這一切趕快結束。我有多麼想要停止這種念頭，但我無法再忍受等待，我無法忍受這一切讓我變得多麼孤單。」

他開始大哭起來，比他原本以為的還哭得更慘，甚至比發現媽媽生病時哭得還要慘。

有一部分的你希望一切可以結束，怪物說，即便結局是失去

她。

康納點點頭，幾乎說不出話來。

然後惡夢就開始了。那個惡夢結束時總是——

「我放開她。」康納哽塞著說。「我原本可以握住，但是我放開了她。」

而那，怪物說，就是實情。

「我不是故意的，真的！」康納提高聲音。「我不是故意放開她的！但現在這變成真的了！如果她真的死了，全都是我的錯。」

完全是，怪物說，胡說八道。

康納的悲傷像是有本能欲望，如蚌殼般鉗住他，如肌肉般緊捉著他，它不費吹灰之力就讓他差點窒息。他跌坐在地板上，希望它直接結束他，一了百了。

他隱約意識到怪物的巨手將他舉起，雙手交錯成巢狀抱著他。他微微感覺到枝葉在他身邊摩挲，並變得越來越柔軟寬大，好讓他躺下。

「都是我的錯，」康納說，「是我放開了她。都是我的錯。」

這並不是你的錯，怪物的聲音像微風般飄在他身邊。

「明明就是。」

你純粹只是希望結束痛苦，怪物說。你**飽受痛苦**，一心只想結束你被孤立的狀態，這是人之常情。

「我不是故意的。」康納說。

你是，怪物說，但你也不是。

康納吸吸鼻子，抬頭看著它那大到像一面牆的臉。「這兩種答案怎麼可能同時存在？」

因為人是複雜的動物，怪物說。皇后怎麼會同時是好女巫也是壞女巫？王子怎麼會同時是殺人犯也是救世主？丹醫怎麼會同時脾氣暴躁又冷靜判斷？牧師怎麼會同時思想謬誤卻古道熱腸？隱形人讓自己被看到之後怎麼反而更加孤單？

「不曉得，」康納聳聳肩，他累壞了，「你的故事我從沒弄懂過。」

答案其實是，你怎麼想都不重要，怪物說，因為你的內心每天都充滿衝突與矛盾。你希望她離開，同時又萬般希望我能救她。你相信安慰的謊言，同時也知道謊言是建立在痛苦的實情上。你的內心因為同時相信謊言與真實而受盡煎熬。

「要怎麼對抗？」康納粗聲問著。「要怎麼對抗內心那些不一樣的東西？」

靠著說出實情，怪物說，就像你剛剛說的。

康納又想起媽媽的手，還有他放開那緊握的 ——

停下來，康納‧歐邁利，怪物溫柔地說。這是我徒步而行的原因，我被你呼喚而來告訴你這件事，你才能被療癒，所以你要仔細聽。

康納又嚥了口水。「我在聽。」

你的生命並非由言辭所刻寫，怪物說，而是以行動。你怎麼想不重要，你怎麼**做**才重要。

久久的沉靜後，康納總算又能呼吸。

「所以我該怎麼做？」他總算問道。

你就做你剛剛做的，怪物說。說出實情。

「就這樣？」

你以為這很簡單？怪物兩條粗大的眉毛挑了起來。你剛剛寧願死也不說呢！

康納低頭看著自己的雙手，好不容易才將拳頭鬆開。「因為我想的事情太不對了。」

那沒有不對，怪物說，那只是百萬個想法中的一個，那不是行動。

康納呼出一大口仍舊濃濁的氣。

但他沒再被哽到了。惡夢沒有填滿他、勒住他的胸、壓著他不放。

現在，他一點也感受不到惡夢的存在。

「我好累，」康納把頭埋在雙手裡說著，「我對這一切都覺得好累。」

睡吧，怪物說，有的是時間。

「有嗎？」康納咕噥著，他的眼皮越來越重。

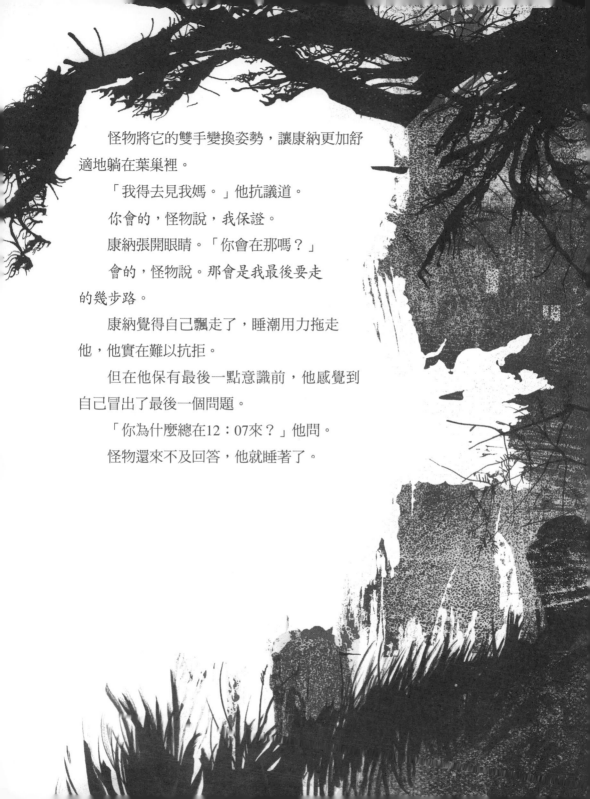

怪物將它的雙手變換姿勢，讓康納更加舒適地躺在葉巢裡。

「我得去見我媽。」他抗議道。

你會的，怪物說，我保證。

康納張開眼睛。「你會在那嗎？」

會的，怪物說。那會是我最後要走的幾步路。

康納覺得自己飄走了，睡潮用力拖走他，他實在難以抗拒。

但在他保有最後一點意識前，他感覺到自己冒出了最後一個問題。

「你為什麼總在12：07來？」他問。

怪物還來不及回答，他就睡著了。

共同之處

「喔,感謝主!」

這些字在康納完全清醒前就鑽進他的耳朵裡。

「康納!」他聽到,然後更大聲。「康納!」

外婆的聲音。

他張開眼睛,慢慢坐起來。夜幕已降,他睡了多久呀?他看看四周,他還在他們家後面的山丘上,依偎著聳立在頭頂的紫杉樹根之中。他抬頭看,那是一棵樹。

但他可以發誓它絕不只是如此。

「康納!」

外婆從教堂的方向跑過來,他看到她的車子停在路邊,車燈大開,引擎還在發動。他在她跑過來時站了起來,她的臉上同時充滿著惱怒、解

脫，和某種他一看到胃就往下沉的表情。

「喔，感謝主，感謝主！」她一邊大叫一邊走向他。

接著她做了一個驚人之舉。

她一把抱住他，用力到兩個人都差點跌倒，好在康納倚著樹幹站穩了腳步，接著她放開他，然後開始咆哮。

「**你到哪兒去了？**」她真的尖叫著。「我已經找了**好幾個小時了**！我都快發瘋了，康納！**你到底在想什麼？**」

「我有事情要做。」康納說，但她已經拉著他的手臂。

「沒時間了。」她說。「我們要走了！我們現在就得走！」

她放開他，然後跳上她的車，這看了還真傷眼睛。康納自動自發地跟在後面跑，跳上副駕駛座，還來不及關門，她就在輪胎發出尖銳刺耳的摩擦聲中高速駛走。

他不敢問為什麼他們要這麼急。

「康納。」外婆在驚人的高速行駛中說道。就在他看著她的時候，才發現她哭得有多慘。「康納，你不可以就……」她又搖了幾下頭，接著他看著她更用力地抓緊方向盤。

「外婆——」他開口說話。

「不要，」她說，「就是不要。」

他們又在沉默中開了一段路，行駛過讓路標誌時幾乎沒有減速。康納再次檢查了一下安全帶。

「外婆？」康納問道，並在車子開過地面一個凸塊時抓緊自

己。

　　她繼續加速行駛。

　　「對不起。」他靜靜地說。

　　對此她笑了一下，那是個悲傷、沉重的微笑。她搖搖頭。
「沒關係的，」她說，「沒關係。」

　　「沒關係嗎？」

　　「當然沒關係。」她說，接著又開始哭了起來，但她不是那
種會讓哭泣妨礙她說話的外婆。「知道嗎，康納？」她說。「你
跟我呀，不是天生就合得來的，對吧？」

　　「對，」康納說，「我猜是這樣。」

　　「我也這麼想。」她在一個轉角處急轉彎，速度之猛，害得
康納必須抓著扶手才能維持坐姿。

　　「但你知道，我們還是得學學。」她說。

　　康納嚥下口水。「我知道。」

　　外婆發出摻雜啜泣的雜音。「你知道的，是吧？」她說。「你
當然知道。」

　　她咳了一聲清清喉嚨，很快地看看前方十字路口的兩邊路
況，就直接闖紅燈開過去。康納猜想著現在究竟有多晚了，附近
幾乎沒有什麼車。

　　「但你知道嗎，孫子？」外婆說。「我們有個共通點。」

　　「有嗎？」康納問，這時醫院已出現在路的盡頭。

　　「喔，是呀。」外婆說，同時更用力踩下油門，他看見她的

淚水仍然不停地流下來。

「是什麼？」他問著。

她把車停在醫院附近路邊第一個看到的空位，車輪砰的一聲撞上凸起的人行道。

「你媽媽，」她看著他的眼睛，淚水始終停不住，「那就是我們的共通點。」

康納不發一語。

他知道她的意思。他媽媽是她的女兒，而她是他們兩個生命中最重要的人。這個共通點確實不小。

這會是個很好的出發點。

外婆把引擎關掉後打開車門。「我們得快一點。」她說。

實　話

外婆搶在他之前衝進媽媽的病房,臉上的表情帶著令人害怕的疑問,不過裡頭的護士馬上回答:「沒關係,」她說,「你們趕上了。」

外婆把手放在嘴上,發出一陣如釋重負的叫聲。

「看來你找到他了。」護士看著康納說。

「是呀。」外婆就只這麼說。

她和康納同時看著媽媽。房間幾乎是暗的,只有病床上方的燈亮著。她雙眼緊閉,呼吸聲像是有東西重壓著她的胸。護士留下他們在病房裡陪她,然後外婆在病床另一邊的椅子上坐下來,向前握住媽媽的一隻手,放在自己手心裡,親著它,翻動著它。

「媽?」他聽到。是他媽媽在說話,她的聲音渾濁低沉到難以辨識。

「我在這裡,親愛的,」外婆仍握著媽媽的手說,「康納也在。」

「他在嗎?」媽媽含糊著說,眼睛沒張開。

外婆看著他的眼神示意他要說些什麼。

「我在這,媽。」他說。

媽媽沒說話，只將最靠近他的手伸過去。

希望他接住。

接住，而且不放開。

這就是故事的尾聲，怪物在他身後說著。

「我該做些什麼？」康納輕聲說。

他感覺到怪物將雙手放在他的肩上。不知怎的，它的手小到可以在背後支撐他。

你只要說實話，怪物說。

「我不敢說。」康納說。他看著外婆在微弱的燈光下，倚著她的女兒。他看著媽媽的手仍舊一直伸著，她的眼睛也仍舊閉著。

會怕是當然的，怪物說，一邊將他慢慢推向前，可是你還是要做。

怪物的手溫柔卻堅定地牽引著他走向媽媽時，康納看著她床前牆上的時鐘，居然已經是晚上11：46。

再過二十一分鐘就到12：07。

他想問怪物到時候會發生什麼事，可是又不敢開口。

因為他似乎知道。

如果你說實話，怪物在他耳邊細語，無論以後發生什麼事你都能面對。

康納回頭看媽媽，看她那伸出來的手。他覺得喉嚨哽咽，眼

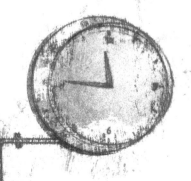

睛也充滿淚水。

不過不是陷在惡夢中。這更簡單、更純粹。

只是很困難。

他握起媽媽的手。

她睜開眼睛，就這麼一下子，看著他在那兒，然後又閉上了。

但她看到他了。

而他也知道就到這裡了，他知道已經回不去了，無論他想要什麼、無論他感覺到什麼，這終究要發生了。

他同時也知道他將要去面對。

這太可怕了，比可怕還要更恐怖。

但他會繼續活下去。

而這就是怪物過來的原因。一定是這樣。康納需要它，而他的需求不知怎的召喚了它，然後它徒步而來，就是為了這一刻。

「你會在喔？」康納對怪物輕聲說，差點說不出話來。「你會一直留到……」

我會在，怪物說，它的手仍在康納的肩上。現在你只需要說出實話。

康納照做了。

他深吸一口氣。

接著，總算，他說出了最後完整的實話。

「我不想要你走。」他說，淚水也從眼眶裡滾出來，一開始慢慢地，接著泉湧而出。

「我知道，親愛的。」媽媽用她厚重的聲音說。「我知道。」

他可以感覺到怪物撐扶著他，讓他得以站在那兒。

「我不想要你走。」他又說了一次。

而他所需要說的就是這些了。

他向前靠近她的床，用手環住她。

抱著她。

他知道時間就要到了，很快，或許就在這個12：07。到時候她會從他牢握的手中鬆開，無論他握得有多緊。

還不是時候，怪物輕聲說，它仍然靠得很近。還沒到。

康納緊緊抱著媽媽。

唯有這麼做，他才總算能放開她。

小說精選
怪物來敲門

2012年10月初版　　　　　　　　　　　　　定價：新臺幣260元
2024年8月初版第十二刷
有著作權・翻印必究
Printed in Taiwan.

著　　著	Patrick Ness	
	Siobhan Dowd	
繪　　著	Jim Kay	
譯　　者	陳　盈　瑜	
叢書主編	黃　惠　鈴	
編　　輯	張　倍　菁	
校　　對	呂　佳　真	
整體設計	freelancerstudio	

出　版　者	聯經出版事業股份有限公司	副總編輯	陳　逸　華
地　　　址	新北市汐止區大同路一段369號1樓	總　編　輯	涂　豐　恩
叢書主編電話	(02)86925588轉5313	總　經　理	陳　芝　宇
台北聯經書房	台北市新生南路三段94號	社　　長	羅　國　俊
電　　　話	(02)23620308	發　行　人	林　載　爵
郵政劃撥帳戶第0100559-3號			
郵　撥　電　話	(02)23620308		
印　刷　者	世和印製企業有限公司		
總　經　銷	聯合發行股份有限公司		
發　行　所	新北市新店區寶橋路235巷6弄6號2F		
電　　　話	(02)29178022		

行政院新聞局出版事業登記證局版臺業字第0130號

本書如有缺頁，破損，倒裝請寄回台北聯經書房更換。　　ISBN　978-957-08-4065-0 (平裝)
聯經網址 http://www.linkingbooks.com.tw
電子信箱 e-mail:linking@udngroup.com

國家圖書館出版品預行編目資料

怪物來敲門/ Patrick Ness、Siobhan Dowd著 .
　Jim Kay繪 . 陳盈瑜譯 . 初版 . 新北市 . 聯經 .
　2012年10月（民101年）. 216面 . 16.4×21公分
　（小說精選）
　譯自：A monster calls
　ISBN　978-957-08-4065-0（平裝）
　[2024年8月初版第十二刷]

874.59　　　　　　　　　　　101018976

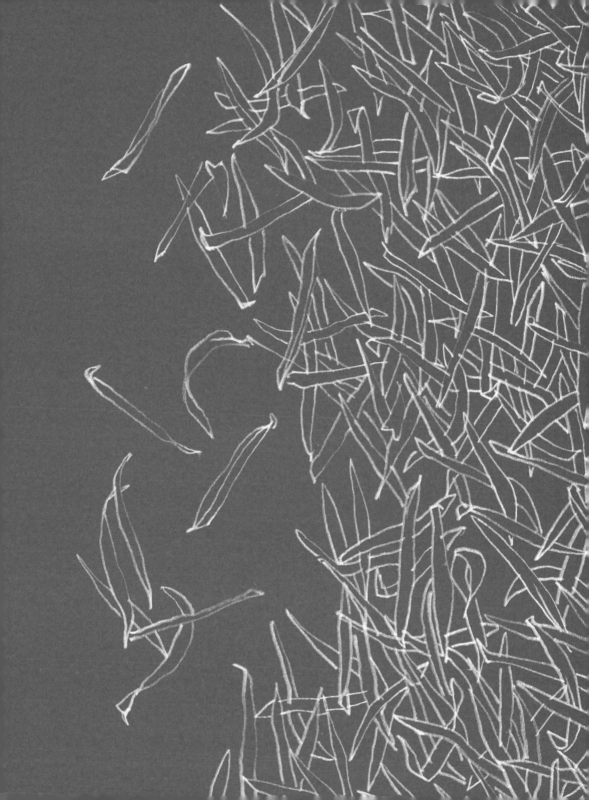

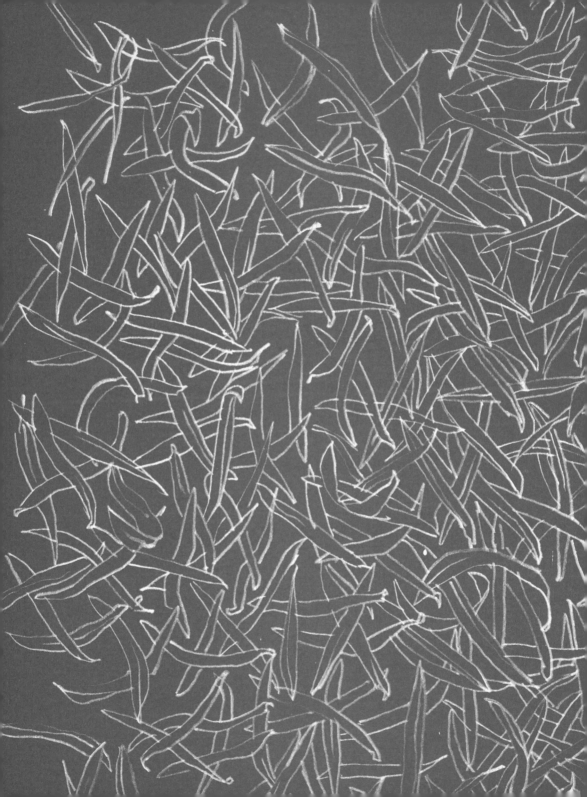

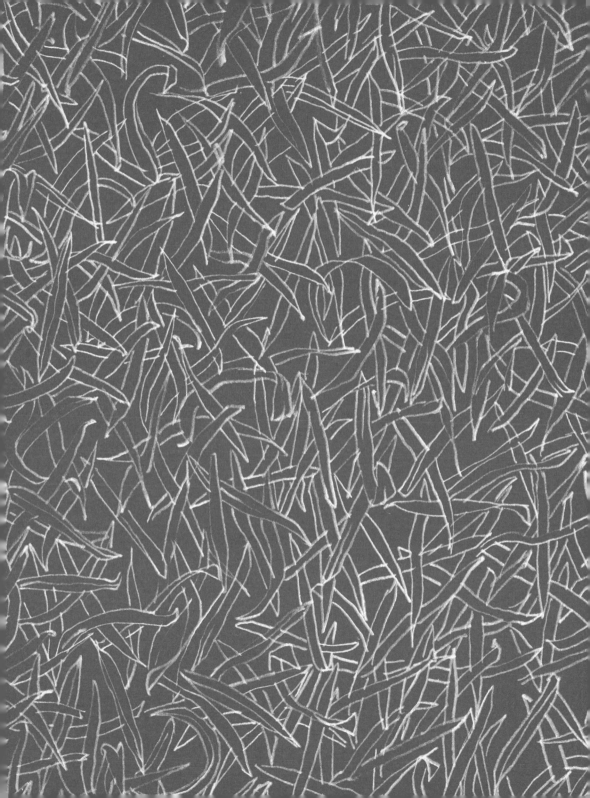

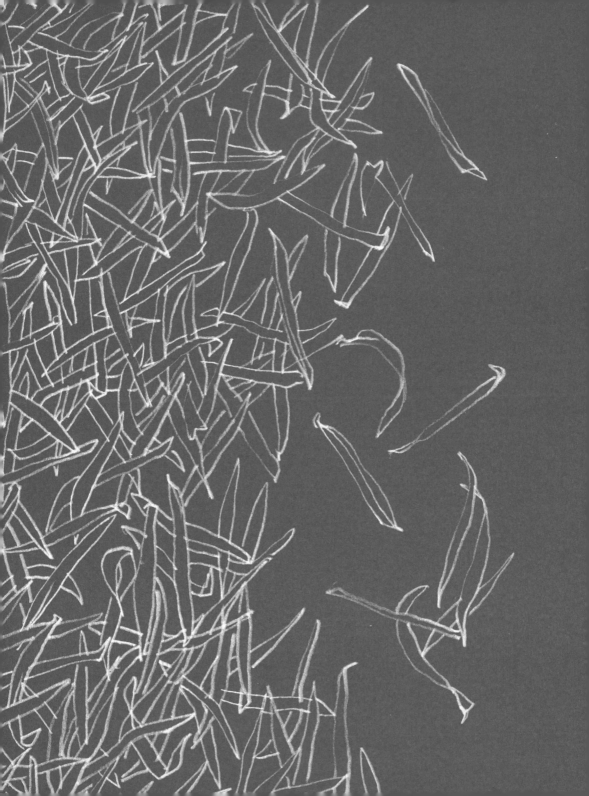